공부야, 놀자!

일생을 통해 공부하며 사람이 되어 간다

공부야, 놀자!

오수민 에세이

"국가평생학습대상 '최우수상' 작가"의
공부와 잘 노는 법
'알고도 행동하지 않으면 모르는 것'이다.

바른북스

일생을 통해 공부하며
사람이 되어 간다

2021년 '국가평생교육원'에서 평생교육대상 '최우수상'을 받았
다. 남의 시선에 휘둘리지 않고 삼십여 년을 봉사하고 공부한 결
과다. 공부로 숨을 쉰다고 할 만큼 모르는 분야를 섭렵하면서 얻
어지는 맛이 크다. 국가에서 주는 큰 상을 받으니 그동안 온갖
루머에 시달리면서도 포기하지 않고 이타심으로 생활하며 공부
의 끈을 놓지 않고 성실함과 끈기로 실천해 가는 나에게 박수를
보낸다.

공부를 하면서 내 인생 업그레이드가 되어 간다는 것을 느낄 때
마다 희열을 느꼈다. 늦깎이로 대학을 다니며 지금까지 공부를
할 수 있었던 것은 운이 좋았다. 그 운값을 나누려고 강의를 하고
책을 쓴다.

'공부하는 나, 나의 만족을 넘어 배운 것을 남 주자!'

책을 쓰고 강의를 하며 인생 3모작으로 의미 있는 삶을 실천하고 있다.

이 책은 '평생 공부하며 즐기려는' 사람들의 마음에 놓일 것이다.

공부를 계속하다 보니 공부를 좋아하는 사람들과 친분관계가 형성되어 간다.

'배워서 남 주자.'는 생각으로 어르신들 글쓰기에 마중물 역할을 하고 있다. '배움에 정성을 심으면 보석으로 돌아오는 것'을 경험했고 공부는 평생 내가 먹어야 할 고마운 양식이다. 꾸준히 공부하다 보면 나이의 한계를 뛰어넘게 되고 의식 속에 잠재된 지혜가 생활하면서 툭툭 튀어나온다. 어떤 문제에 부딪히면 임기응변에 능하고 해결 능력이 빠르다. 순간순간 잠재된 지식이 생활의 해결사 역할을 한다. 통찰력과 판단 능력, 신중한 처신을 할 수 있는 것은 지식과 경험에서 나오는 것이다. 나태해지려는 게으름을 깨우고 배우면서 느끼는 삶을 관찰하고 수정하면서 살아간다.

공부는 자전거 타는 것과 같다. 페달을 멈추지 않으면 바퀴는 굴러가듯 공부를 멈추지 않으면 해마가 새 기억을 돕는다. 배운 것을 삶에 적용하니 여과된 말투와 행동이 바르고 타인의 귀감이 된다.

중국의 덩샤오핑은 "일 년이면 엄청난 변화를 이루어 내야 되고 삼 년이면 천지가 개벽할 정도의 변화를 이루어야 한다."고 했다. 다산 정약용은 실용주의를 주장하고 실천한 실용의 대가다. 공부를 하면 빨리 실천해야 한다는 당위성을 덩샤오핑과 다산 정약용의 글을 통해서도 깨달을 수 있다. 교육은 실천하면서 끊임없이 경험을 재구성해 가는 것이다.

절대 가난의 시대에 나는 머리가 나빠서 대학을 못 간 것이 아니라, 공부할 수 없는 시대적 배경과 가정환경으로 학교에 다닐 수 없었다.

나의 자서전적인 책 『탁월한 선택』을 읽은 독자의 반응이 반갑다. 나태해지는 자신을 채찍질하게 되고 당장 무슨 일이라도 도전해야겠다는 동기부여를 받았다고 한다. 공부하고 깨달은 것을 책을 쓰지 않았으면 줄 수 없는 귀한 경험을 또 나누고자 두 번째 책을 쓴다.

'일생을 통해 공부하며 사람이 되어가는 멋'을 알려 주고 싶다. '배울수록 꿀처럼 감미로워지는 삶'을 맛보라고 죽을 때까지 공부하자고 이 책을 권한다.

'알고도 행동하지 않으면 모르는 것'이다. 평생 생의 학교에 다니는 우리가 아는 것을 나누는 삶을 실천할 때다.

들어가는 글

일생을 통해 공부하며 사람이 되어 간다

제1장

평생 삶의
학교에서 논다

국가평생학습대상
'최우수상'을 받다

2021년 11월 7일 순천만국가정원에서 '국가평생학습대상 최우수상'을 받았다. 늦깎이로 대학을 다니며 대학원 졸업하고 대학교수를 역임했다. 나만 공부를 하는 게 아니고 회원들 교육을 하면서 대학을 다닐 수 있도록 권유하고 안내했다. 20대부터 꾸준히 공부하고 오랫동안 자원봉사 오천 시간 정도 한 결과다. 공부가 하고 싶어서 멈추지 않고 열심히 했을 뿐이다. 국가에서 큰 상을 받으니 힘들었던 순간도 타인의 시샘에 상처 입은 마음도 스르륵 녹아내렸다.

육 년간 사백여 명의 여성단체장 할 때 힘이 닿는 한 최선을 다했다. 열심히 뛸수록 갖은 수단을 동원해서 나를 끌어내리려 했던 사람들 덕에 내 마음은 크게 성장했다. 그들 덕에 받은 극기 훈련이

인생을 살아가는 데 큰 디딤돌이 된다. 내 힘으로 어쩔 수 없는 상
황에서는 기도하며 위기를 넘겼다.

시상식 날 '순천만국가정원'에 표창을 받으러 가는데, 사십 년 만
에 가족 여행을 했다.

우리 부부는 하루 전에 순천으로 가고 아들은 회사 퇴근 후 열차
로 오기로 했다.

시상식 리허설한다고 오전 10시까지 행사하는 식장으로 오라고 했
다. 팬데믹이 오고 이 년 만에 오프라인 시상식이다. 안내가 인원 통
제를 엄하게 한다. 행사 당일 코로나로 거리 제한 때문인지, 최우수
상을 받는 나는 입장권 세 장 받아서 남편과 아들이 들어올 수 있었
다. 우수상 받는 사람은 두 장 받아서 아들도 못 들어왔다고 한다.

행사장 호수 위에 무대가 설치되어 있고 대형 네온으로 써 있는
내 이름이 자랑스럽고 뿌듯하다. 무대 앞에 참석자와 내빈 좌석에
서 내 이름을 찾았다. 내빈 의자를 살펴보니 안양시장님 좌석도 마
련되어 있다.

"아, 시장님이 오시는구나!"

순천까지 안양시장님이 오신다니 무척 반가웠다. 리허설할 때도
시장님 이름이 거론된다. 반가워서 리허설이 한창인 아나운서에게
안양시장님이 오시냐고 물었더니 모른다는 것이다.

온라인에서 '평생학습대상' 모집 공고를 보고 서류를 접수했다.

면접 이후 최우수상 대상이라고 알려 주면서 확정은 아니라고 했다. 순천만에 시상식 참석하라면서 표창 대상이지, 확정된 것 아니니 시상식 전에 문자, 카톡 등 온라인에 수상 소식을 절대 올리면 안 된다고 했다.

내빈 입장이 있자 많은 내빈 사이로 우리 시장님이 들어오신다. 그 뒤를 따라 안양시 평생 교육원 직원들이 들어온다. 반가워서 시장님을 쫓아갔다.

"시장님 저 아시죠? 오수민입니다. 제가 평생학습대상 개인 최우수상 받아요."

"축하해요. 우리 안양시도 평생학습도시인데 상 받는 사람 없어서 남의 잔치에 들러리 서나 했는데, 큰 상을 받으니 기분 좋네요."

안양시 평생 교육원 직원들께 꽃다발 하나 장만 안 했냐고 야단하셨다.

"시장님, 국가평생교육원에서 시상식 전까지 철저히 비밀로 하라고 해서 저도 몰랐어요. 상을 받을 때까지 확정된 것이 아니라고 해서요. 우리도 호텔을 예약했다, 해약했다 잠잘 곳이 없어서 길에서 자는 줄 알았어요."

"맞아. 안양시에서 상 하나라도 받냐고 물었더니 모른다고 하더라고, 개인 최우수상이면 안양시도 큰 성과를 이루었네요."

시상자 선정에 대한 안내가 있었다. 내가 '국가평생학습대상 개인 최우수상'을 받게 된 것이, 오랜 시간 공부한 것과 많은 자격증 취득, 팬데믹 시대 거리 제한하는 상황에서도 도서관에서 줌으로 온라인 교육을 계속 들었던 것이 플러스 점수가 된 듯했다. 또 나만 공부를 한 것이 아니고 단체장을 하면서 회원들 교육시키고, 대학을 다니도록 디딤돌 역할을 해 왔던 것, 초등학생과 어르신들에게 강의를 해 오고 있는 것들이 참고가 되었을 것이다. 삼십여 년간 오천 시간 정도 봉사활동 했던 것이 '국가평생학습대상 개인 최우수상'을 받는 영광을 안았다.

높고 맑은 가을 하늘에 애드벌룬 축하 플래카드가 순천만국가정원 하늘에 떠 있다. '평생학습대상' 축제가 하늘로 퍼진지고, 드론으로 띄운 '시상식 축하' 글이 하늘에서 그네를 탄다. 비구름으로 잉태되면 공부 씨앗이 널리 퍼져 싹을 틔울 것이다. 내 마음속에도 촉촉이 지식의 나래가 퍼진다. 벌써 발밑 풀이 싱그럽다. 무탈하게 공부할 수 있는 것도 감사한 데 큰 상을 받으니 가문의 영광이다.

안양시장님과 평생 교육원 직원들이 나를 축하해 주러 순천까지 온 것처럼 정말 감사했다. 시상식 때 시장님께서 무대로 뛰어올라 축하 사진 모델을 해 주셨다. 깊이 감사 인사 올립니다.

공부를 시작하면 인내심을 물고 끝까지 최선을 다한다. 보상처럼 내가 가 있을 곳에 신이 데려다준다. 공부를 즐기다 보니 큰 복을 받은 것 같아 늘 감사하다.

독자의 머릿속을
헤집어라

자서전적인 책 『탁월한 선택』을 작년에 발간했다. 책을 읽은 수강 생들이 '자서전 쓰기' 수업을 공부하더니 글쓰기가 어렵다고 한다.

글쓰기 쉽게 하려면 서론, 본론, 결론에 도달하는 과정에 주제에 맞는 질문을 마중물로 도입부를 시작하면 편하다. 도입부에 '어떤 일이 일어난 사건'은 현재의 상황을 쓰고, 본론은 도입부의 사건에 대해 뒷받침되는 일을 자신의 경험이나 지인에게 들은 이야기를 쓰면 본론의 분량이 쉽게 채워진다. 결론은 서론, 본론에 다루었던 것을 내 생각과 곁들여 느낌을 쓰고 마무리에서 독자의 혜안이 열 릴 메시지 하나쯤 써 주면 좋다. 결론에 독자에게 줄 반전의 묘미 와 글 읽는 재미를 위해 사건을 세밀하게 묘사해서 극대화한다. 묘사를 그럴듯하게 말하듯 쓰고 보여 주는 글을 쓰면 작가의 문체가 드러난다. 작가는 독자의 머릿속을 헤집어 주인공의 아픔에 감정 이입되어 혀를 끌끌 차게 '라포 형성'으로 전달이 잘되어야 한다. 글을 읽는 독자도 한 번쯤 경험한 보편적인 이야기가 좋다. 독자가 살아온 비슷한 경험에 감정 이입되어 내 일처럼 느껴질 때 눈물을 훔치며 아픔을 덜어 준 글에 '카타르시스'를 느낀다.

수강생들이 처음에는 걸음마를 배우는 호기심으로 넘어질 듯 말 듯 발걸음 떼듯 '아무 글'이나 써 온다. 수업을 깊이 있게 들어가면 걸음마를 뗀 아이가 넘어져 본 경험의 무섭증을 느껴 뭔가 좀 아는 척을 해야 하는데 그게 어려워 글쓰기를 고민하게 된다. 이때부터 조금이라도 완성도 높은 글을 쓰려고 한다. 썼다 지웠다를 반복하면서 그 고개를 넘어서든가 포기한다.

자서전을 꼭 써야 할 이유가 있는 것도 아니고, "내가 고생한 이야기를 책으로 쓴다면 열 권짜리 전집 분량을 만들 수 있다."고 처음 의욕에 찬 용기는 휘발되고 만다. 또 극적인 장면을 위해 돈이 없는 시기는 아주 불쌍한 장면을, 배우자가 바람을 피우거나 시댁이나 타인에게 받은 서러움은 가슴 찢어지게 표현한다. 자기의 치부가 다 보일까 봐 사실을 깊이 있게 안 쓰고 언저리만 건드리니 글맛도 안 난다. 가족이니까 살다 보면 화해도 하게 되고, 지나고 보니 그 일이 그렇게 나쁘게 표현할 일도 아니고, 악역으로 등장하는 가족이나 지인이 내 글을 읽고 관계가 소원해질까 봐 망설인다.

사건 발생 시 화났던 기분과 화해를 해서 마음이 뒤죽박죽되어 반전의 묘미를 살리지 못한다.

그 순간에 일어난 사건이 지금까지 나쁜 감정이 없더라도 글에서는 감정이 나빴던 그때 그 기분에서만 쓴다. 좋았던 기분은 다른 글에서 다루어야 한다. 한 꼭지에서 좋았던 감정과 나쁜 감정을 섞으면 안 된다. 독자들은 혀를 끌끌 차면서 작가의 문체에 속고 있는 것이다. 나빴던 시기도 그 순간이고 화해도 그 순간으로 그 장면에서 빠져나와 심리적인 '라포 형성'을 빨리 멈춰야 한다.

가끔은 책을 읽고 위로해 주러 오는 사람도 있다. 작가는 뭘 썼는지도 잊어버렸는데 말이다. 작가가 안쓰러워 찾아오거나 위로의 댓글을 써 줬다면 작가는 독자의 머릿속을 잘 헤집은 것이다.

중학교 때 수학여행비 오천오백 원이 없어서 언니의 도움으로 수학여행을 어렵게 가게 되었다. 그런데 같은 방에 있던 친구가 돈을 잃어버려 도둑 누명까지 썼던 글이 있다. 이 학년에 올라가도록 교복값을 못 내고 학교에 가면 선생님께 멱살 잡히며 야단맞았던 사건을 썼다. 절대 가난의 시대 어려운 순간을 겪었던 자기의 입장과 비교되어 독자는 가슴 찡하게 감정 이입이 되어, 내 책을 읽은 독자가 많이 울었다고 한다.

우리 집은 마을에서 손에 꼽힐 정도로 부자였다. 큰오빠는 가정 경제를 쥐고 있었다. 줄줄이 달린 동생들 키우고 공부시키려다가 자기 자식들에게 피해 갈까 봐 동생들 학비와 교복값을 안 주고 스스로 자퇴하게 때리고 심하게 괴롭힌 것이다. 한창 사춘기에 학우 중에도 교탁 앞으로 불려 가서 담임선생님께 멱살을 잡히고 심하게 야단을 맞고 학교를 그만두는 학우도 있었다. '집이 가난해서 학교를 못 다닌 게 아니라, 나를 보호하고 감싸 줄 부모가 없어서' 학업을 중단한 것이다. 극적 연출이 있어야 독자는 자기가 겪은 아픔을 대신해 준 이야기처럼 감동한다. 또 그 일은 절대 가난의 시대에 일어난 일이다. 작가의 치부라 해도 사실을 쓴 것에 감동이 일어난다. 자기의 아픔을 드러내기 싫어서 영화의 내용이나 남의 이야기를 끌어다 넣으면, 아픔은 짐작되지만 '라포 형성'은 힘들다. 그래서 독자들이 소설보다 사실을 쓴 수필을 선호하는 것이다.

글을 쓰려는 사람들은 자기의 수치가 드러날 것을 염려하지 않아도 된다. '내 글을 누가 읽어줄까.' 그런 걱정 안 해도 된다. 내 글을 읽고 한 명만 마음의 위로를 받으면 된다. 내 글을 읽은 독자가 행동까지 수정하면 더 좋다. 작가는 독자를 위로할 어깨 한쪽을 빌려주는 마음으로 글을 쓴다.

'늦깎이로 대학에 들어가서 지금까지 몇십 년을 계속 공부를 하고 있다.'는 작가의 실천에 감동해 생활에 젖은 엉덩이를 털고 '이야기 할머니'에 도전했다는 사람이 있다. 내 책을 읽고 가사일이 바쁘다는 핑계로 멈췄던 시도 쓰고 게으른 습관을 고칠 수 있었다는 동인도 있다. 베스트셀러가 안 되어도 작가의 역할은 한 것 같다.

글을 쓰면 일상을 세밀하게 관찰하니 세상 사는 맛이 다르다. 반성도 하고 자기의 결점을 바꾸려고 노력하기 때문에 이타심이 생기고 타인의 입장을 헤아리게 된다. 이타심으로 타인을 대하면 사람들이 좋아하게 되고 마음을 나눌 친구가 많아지게 된다. 혼자 글 쓰며 놀기 좋은 습관을 만들면 죽을 때까지 할 일이 많고 심심할 틈 없이 즐거운 여생을 보낼 수 있다.

내가 살아온 과정을 반추하고 내 인생 기록을 남길 수 있는 글쓰기를 취미로 하니 좋다. 글쓰기, 그림 그리기는 왼쪽 뇌를 활성화해서 인지 기능이 좋아지고 치매 예방에 아주 좋다.

세상은 안 만큼 느낀다고 한다. 세상사는 일에 적극 참여하고 즐거움을 느끼기 위해 글을 쓰라고 강력하게 권유하고 싶다.

나는
내가 키운다

　정혜윤 작가의 『삶을 바꾸는 책 읽기』를 읽고 있다. 도서관 리더 과정 수업 후 독서 모임에서 토론할 책으로 선정되어 억지로 읽어야 하는 상황이다. 책 읽기 좋아하는 내가 즐거운 책 읽기가 아닌 억지로 책 읽기란 말을 붙이는 이유는 글이 쭉쭉 안 읽어지기 때문이다. 문장에 설탕과 MSG가 부족하다고 해야 할까. 토론을 해야 하니 숙제하듯 읽는데, 진도가 안 나가는 대신 볼펜으로 밑줄을 긋게 하는 문장이 곳곳에 툭툭 매설되어 있다. 그러면서 작가의 심정으로 빙의되어 나의 과거 속을 탐색하며 글감을 책 여지에 메모하고 있다. 이 책 한 권을 깊이 읽고 나면 몇 편의 수필이 탄생할 것 같아 머릿속이 바빠진다.

3

나는
내가 키운다

　정혜윤 작가의 『삶을 바꾸는 책 읽기』를 읽고 있다. 도서관 리더 과정 수업 후 독서 모임에서 토론할 책으로 선정되어 억지로 읽어야 하는 상황이다. 책 읽기 좋아하는 내가 즐거운 책 읽기가 아닌 억지로 책 읽기란 말을 붙이는 이유는 글이 쭉쭉 안 읽어지기 때문이다. 문장에 설탕과 MSG가 부족하다고 해야 할까. 토론을 해야 하니 숙제하듯 읽는데, 진도가 안 나가는 대신 볼펜으로 밑줄을 긋게 하는 문장이 곳곳에 툭툭 매설되어 있다. 그러면서 작가의 심정으로 빙의되어 나의 과거 속을 탐색하며 글감을 책 여지에 메모하고 있다. 이 책 한 권을 깊이 읽고 나면 몇 편의 수필이 탄생할 것 같아 머릿속이 바빠진다.

어떤 책을 펼치던 MSG가 잔뜩 묻은 글에 눈이 길들여져 있었다. 그 악순환의 고리를 끊고자 독서 모임에 참석했다. 바빠서 수업도 제대로 참여를 못 해 수업 분위기를 흐리는 것 같아 참 미안했다. 이 책 한 권만 제대로 읽어도 얼굴에 철판을 깔고 독서 모임에 끼어든 마음 다짐에 답은 얻은 것 같다.

"알려는 본성, 배우려는 본성, 표현하려는 본성, 그런 것들은 분명히 우리 안에도 존재하고 있고 우리 곁을 스쳐 가기도 한다. ……뭔가 알려고 하지 않은 인간은 지금까지 한 번도 본 적이 없다." 『먹고 살기도 바쁜데 언제 책을 읽나요?』, p26

황학동 벼룩시장에서 시계를 고치기 위해 심혈을 기울이고 있는 시계 수리공의 몰입한 모습을 보고 작가는 느낍니다.

"'기쁨'에 몰두한 시간을 갖는다면 우리에게 어떤 변화가 있을까. ……그 시간 동안 돈을 벌지 못해도 충분히 휴식하지 못해도 우린 자기 자신을 키울 수 있지 않을까 하고요.", p35

배우려는 본성이 강해서 공부를 시작했는데, 수업에 성실하게 참여하지 못하고 작은 걸림돌에 멈춰 버린 수강생들이 안타깝다. 공부할 의지를 계속 유지하지 못하는 이유를 생활의 바쁜 일로 치부한다. 깊이 있는 배움을 이어 가지 못하는 수강생들에게 꼭 들려주고 싶은 문장이다.

나를 키우는 자율성의 시간을 삼십여 년 동안 실천하면서 정혜윤 작가처럼 무릎을 탁! 치게 할 한 줄의 문장 하나 못 만들었나. 깨달음을 얻은 나는 깊이 있는 공부를 망설이는 수강생들에게 한마디하고 싶다.

"자신을 키우는 기쁨을 공부에 몰입해 보세요. 나는 내가 키우지, 남이 키워 주지 못합니다."

두드림 강좌를 신청할 때 수강생을 모집했는데, 타 지역 사람은 자격이 없다고 몇 명이 빠지는 바람에 수업이 무산되었다. 코로나 바이러스 확진자가 늘어 거리 제한 단계가 높아졌다. 두드림 강좌를 온라인 '줌' 수업으로 하니 '두드림 강좌'를 신청했던 많은 과목이 신청자 미달로 포기한 것 같았다. 온라인 수업만으로는 진행하기 어려운 과목이 있다. '그림 그리고 쓰다' 과목은 그림 그리는 방법을 첫 수업만 오프라인으로 하면 온라인에서 수업이 가능하다. 줌 수업에 인원이 미달 되니, 평생교육원에서 수강생을 평소보다 반만 모집해도 수업을 할 수 있게 강좌를 승인해 주었다. 일주일 안에 수강생 모집을 했더니 인원이 충원되었다. 중도 탈락자가 생겨 기존 수강생 이하가 되면 수업을 지속할 수가 없다. 혹시 그런 일이 발생할 것에 대비, 남편을 내 수업에 참여를 시켰다.

남편은 아침부터 새벽 2시까지 컴퓨터에 앉아 책을 읽는다. 내 수필 원고 마지막 퇴고를 남편에게 맡긴다. 성격이 꼼꼼해서 한 문장, 한 문장을 떼어다 조판을 한다고 생각할 정도로 퇴고를 잘해 준다. 여러 번 퇴고를 해도 내 눈에 띄지 않던 오자, 탈자 1, 2개는 꼭 찾아낸다. 그렇게 책에 빠져 살아도 남편은 다른 과목을 신청해서 공부를 하지는 않는다. 그런 남편을 강제로 수업을 듣게 했다. 수업 시간이 밤이라 친구들 만나기도 힘들다고 짜증을 부리는 남편을 살살 달랬다.

"다른 수강생들도 있으니 강사 남편으로 성실히 수업에 참여해서 체면을 지켜 주세요."
"귀찮게 이런 일을 삼 개월이나 시키고, 하기 싫다고."
"나 좀 봐줘요. 줌에 들어와서 수업 듣기만 하세요."

온라인 수업에 들어와서 처음에는 듣는 둥 마는 둥 한다. 줌을 켜고 있는 것만으로 감사하다. 가랑비에 옷 젖는 줄 모른다더니, 수업 종료 후 글 쓰는 법을 물었더니 성실하게 들었는지 내용을 다 알고 있었다. 남편이 수업에 참여한 것만으로도 두드림 강의는 성공이다.
'함께 운동하자고 그렇게 말해도 귓등으로 흘리더니, 내 수업을 제대로 듣고 실천하는 변화의 씨앗이 자라고 있었네.'
남편의 성향을 하루아침에 바꾸지는 못한다. 수업 참여 후 내가 아침 운동을 나갈 때 남편이 따라나섰다. 남편을 변화시킨 것만으로도 이번 글쓰기 수업은 대성공이다.

써 보긴
써 봤어?

'서울시니어센터'에서 글쓰기 강의하는 날이다. 서울 강남이 물바다가 되어 큰 피해를 입을 정도로 올해 여름은 비가 많이 왔다. 저지대는 지하철 운행도 중단되었다. 수강생들이 무사히 수업에 나올지 걱정하며 일찍 집을 나섰다.

전철을 타고 대방역에 내려서 여의도 샛강을 건너는데 몰아치는 비바람에 바짓가랑이가 축축하다. 샛강다리에서 내려다보니 사람들이 운동하며 다니던 길과 가로수 목까지 물에 잠겼다. 다행히 모두 무탈하게 출석하셨다. 비바람 몰아치는데 성실하게 수업에 참여해 주는 어르신들이 참 고맙다.

교수, 기자, 직장에서 고위직을 정년 퇴임한 분들이 글쓰기를 함께 한다. 이분들은 논문이나 보고서처럼 딱딱한 글을 부드러운 문학적인 글쓰기로 배우고 싶은 것이다.

글쓰기 처음 배우는 사람들은 백지상태라 배우는 속도가 빠르다. 그런데 논문이나 보고서를 많이 써 본 사람들은 먹물로 채워진 의식을 빨리 지워 내지 못해 문학적 글쓰기를 더 어렵게 느낀다. 머릿속에 잠재된 지식이 많은 사람은 그것을 습관처럼 쓰기 때문에 문학적인 글쓰기가 어렵다. 담배 끊기 어려운 것처럼 기사, 논문 글쓰기에 길들여진 사람 습관 바꾸기가 어렵다.

글쓰기 강좌는 나이와 관계없이 공부에 취미가 있는 사람들이 온다. 수강생들은 정부에서 지원해 주든 자비로 배우든 시간 투자 대비 배울 것이 없으면 참여를 안 한다.

나는 글쓰기 강의를 위해 일주일에 책을 일곱 권을 읽으며 자료를 모으기도 한다. 인터넷, 블로그에도 겹문장, 중복 문장 등, 글쓰기 방법이 튀어나온다. 출판사 직원의 전유물 같던 퇴고 비법이 책으로도 많이 나와 있어 감사하다. 글쓰기 어려워서 안 쓰는 게 아니다. '마음이 합니다.'라는 말처럼 정확한 표현이 있을까. 운전면허 따기가 쉽다고 해도 공부를 안 하면 떨어진다.

"달리는 말에도 채를 치랬다."는 속담처럼 수강생에게 글쓰기를 빨리 터득하라고 몰아치기 수업을 한다. 빨리 글쓰기를 배워서 자서전 쓰기를 해 보라고 독려하기 위해서다. 지하수 샘도 작두가 있어야 마중물을 붓고 퍼 올릴 수 있다. 일대일 개인 과외 하듯 빨간 글씨로 첨삭 지도한다.

수강생의 글을 읽어 보니 다중을 이해시키기 위한 보고서처럼 수치를 나열해서 분석하는 글로 썼다. 난민들에게 봉사했던 과정의 글을 수정해 주면서 보고서식 숫자는 버리고 어느 부분에 본인의 이야기를 써넣을지 괄호로 표시했다. 도입부에 잔뜩 써 놓은 수치를 지우고 편하게 읽을 수 있게 수정했다. 본인의 경험을 써야 할 부분은 분량을 늘리라고 표시했다. 손에 쥐여 주듯 첨삭 지도를 했더니 이제야 이해가 된다고 한다.

글 읽을 대상을 광범위하게 잡으면 안 된다. 친구 한 명과 대화하듯 내 이야기를 써야 읽고 싶은 글이 된다. 주인공 한 사람에 포커스를 맞추고 끝까지 그 사람 이야기로 끝내라고 했다. 그런데 어려움에 처한 난민과 자원봉사자 이야기까지 다중을 설득시키고 등장인물 전부 주인공이었다. 집단을 뭉텅이로 끌고 가려니까 글이 목적지도 못 가고 휘청거린다. 난민센터에 들어온 첫 임산부만 주인공으로 하고 자원봉사자 이야기는 따로 다루라고 했다.

'흡수 스펙트럼'처럼 내 글을 접한 독자의 의식을 흡수해야 한다. 문학적 글이 뭔지 사 개월 수업 후에야 알았다고 한다. 소설을 쓰는 것도 아니고 1.5매 분량에 주인공을 등장인물로 전부 잡으면 끝까지 마무리를 못 하고 승객 과다로 침몰한다.

시, 수필, 소설에 따른 원고지에 맞는 글의 분량을 지켜야 한다. 통일된 콘셉트로 문단을 구성하고 문단을 몇 개로 할 것인지 전략을 짠다. 결과에는 독자가 얻어 갈 메시지를 하나쯤 들어가면 좋은데, 클라이맥스는 결과의 앞에 둔다.

수강생들이 문단 나누기나 띄어쓰기는 어느 정도 터득했다. 문장이 과거형인지, 현재형인지는 글의 문맥을 보고 파악해야 한다.

최근 글쓰기 붐이 일더니 글 쓰는 비법을 나만 터득한 게 아니다. 출판사 편집위원이 할 수 있는 맞춤법, 띄어쓰기, 우리말 풀이, 문장 공부 등, 귀한 정보가 인터넷, 책, 유튜브 등 쏟아지고 있다.

방송대에서 글쓰기 위해 국문학 전공 후 등단하고 싶다는 수강생이 있다. 글을 전문으로 쓰는 학과는 문예창작학과다. 평론까지 공부를 해야 글의 구조에 대한 다양한 분석도 하게 된다.

나보다 먼저 수필집을 낸 수강생도 있다. 글쓰기도 유행의 흐름을 알아야 하기 때문에 공부하러 왔을 것이다. 수필가는 새로운 글쓰기 기법을 하나만 캐치해도 깨달음이 크다.

책 쓰기는 하루아침에 이루어지지 않는다. 글 쓰는 사람들과 꾸준히 공부하고 교류해야 한다. 자기가 써 놓은 글을 남에게 읽히고 다듬는 게 좋은데, 문학을 하는 사람들과 함께하면 좋다. 초보들은 수정할 부분이 많으니 더 열심히 써야 한다. 책 읽기와 글쓰기 사이에 말하기 기법을 사용하면 좋다. 글 쓰는 사람이 책 읽는 사람보다 많은 시대다. TV, 영화, 유튜브도 글쓰기가 기본이다. 지난해와 다르게 글쓰기 기법이 다양해졌다.

문학전공자들이 문학적인 글쓰기를 지향하는데, 책도 많이 읽고 사유(思惟)해야 하기 때문에 일반인은 어렵게 느낀다. 책 쓰기 도전하는 사람들은 일반 글쓰기부터 배운다. 강원국 씨의 경우도 유튜브에서 일반 글쓰기라고 말했듯, 유튜브나 인터넷에서 글쓰기 지도하는 강사 대부분 일반 글쓰기다. 일반 글쓰기도 요건을 갖춰 쓰기 어렵다. 그러니 문학적 글쓰기는 타고난 사람들이 할 수 있는 분야라고 단정 지어 버린다.

'글 쓸 소재'의 힘은 빼어난 명문장보다 강하다. 그래서 사실을 쓰는 수필이 다른 문학 장르보다 감동적인 것이다. 자신의 사생활이 알려지는 게 싫어서 글 한 편을 뜬구름 잡는 식으로 비몽사몽 쓰다가 타인의 경험으로 대체하거나 얼버무리면 읽는 독자는 맥이 빠진다.

"초급은 더 쓰고 중급은 빼고, 상급은 비틀어 쓰라."고 한다. 비틀기란 완결된 글에 비유나 사례를 들어 독창성을 더해 주는 것이다. 수강생 한 명만 제대로 깨닫게 해 줄 수 있어도 수업하는 보람을 크게 느낀다.

글을 쓰면 소리 내서 읽어야 하고 매끄럽지 많은 부분은 읽기 편하게 고치고, 리듬이 느껴지게 쓴다. 글로 쓰기 전에 혼잣말이라도 중얼거려 보면 글이 쉽게 써진다. 말을 조리 있게 하기 위해 머릿속에서 구조화를 그리게 되는 것이다.

"글을 써 보긴 써 봤어?" 글쓰기에 대해 쉽게 말하는 사람에게 묻고 싶다. 글은 내가 써 봐야 실력이 향상된다. 글쓰기를 하면서 세상을 두루 섭렵한다.

글 쓰는 것도
근력이 중요하다

글쓰기 소재는 책이나 경험, 생각을 하면서 쓸거리를 얻는다. 글을 쓰다가 감각을 잃거나 생각의 속도감이 떨어지면 고장 난 기계처럼 멈추지 않게 머릿속 근력이 필요하다.

평소에는 아무 생각이 없다가 주제를 정하고 쓰기 시작하면 경험담이 마중물처럼 나온다. 집을 사서 문패를 달면 가족이 형성되듯 글쓰기도 주제를 정하면 한 편의 글 쓸 거리가 달라붙는다. 주제를 탄력 있게 뒷받침하기 위한 책을 읽고 주제에 맞는 문장은 발췌해서 넣으면 그럴듯한 논지를 펼치게 되고 좋은 글이 된다.

초고를 쓸 때는 수정하지 말고 줄거리만 이어지게 쭉 써 나간다. 인용구나 대화체를 넣으면 지루함을 덜 수 있다. 내용의 적절한 부분에서 두 군데 정도 대화체를 넣으면 글이 생기 있다. 동사를 많이 사용하면 활기가 돈다. 중복된 단어를 피하고 적절한 문구를 인터넷 사전에서 찾아서 쓴다. 독자가 읽기 시작하면 끝까지 읽을 수 있게 도입부에 대화체를 넣으면 더 좋다. 본문의 이야기 흐름이 자연스럽게 적절한 단어 선택을 한다. 비슷한 내용의 다른 이야기를 섞으면 정신적인 환기를 시키듯 신선하다. 독자가 얻어 갈 메시지를 요소요소에 넣어 흥미를 끈다. 결론은 주제에 대한 내 생각을 독자가 얻어 갈 메시지가 있으면 좋다.

글을 쓰고 있으면 지루해서 그림을 그린다. 학위 취득을 위해서나 중요한 자격증 시험공부 할 때 지루함을 덜고자 그 분야 책을 놓고 오락이나 게임 등, 재미있는 놀이에 빠지면 주객이 전도되어 아예 공부에 손을 놓을 수가 있다. 그런 습관을 경계하기 위해 글쓰기와 그림 그리기에 몰입한다.

운전도 컴퓨터도 시간과 공을 들여 자주 해 봐야 실력이 는다. 글쓰기도 마찬가지다. 글을 쓰고자 하는 사람들에게 날마다 일기를 쓰라고 강조하는 이유는 글 쓰는 습관을 들이라는 것이다. 카톡이나 밴드방에 댓글도 생각을 한 번 더 하고 정성껏 달아 주면 그것이 좋은 글 쓰는 습관들이기 연습이다.

카톡, 밴드방, 카페에 댓글을 시처럼 함축성 있고 이해하기 쉽게 써 준다. 원글의 주인은 댓글에서 위로를 받거나 좋은 글을 발췌해서 시를 훨씬 탄탄하게 쓸 수 있다. 댓글도 심혈을 기울여 쓰다 보면 원글보다 더 길게 쓰는 경우도 있다. 다양한 각도에서 생각하고 댓글을 달다 보면 분량이 많아진다. 그것을 문단으로 가져와 조금만 더 심층적으로 쓰면 한 편의 수필이 된다. 작가는 애, 경사에 쓰는 위로하는 댓글도 정성껏 써 준다. 글을 읽으면 꼭 '좋아요'나 '하트'를 눌러 준다. 작가는 독자의 반응에 힘을 얻고 양식이 되는 집필에 근력을 더한다.

인터넷 블로그 광고를 보고 글쓰기 수업에 거금을 내고 들어갔다. 일반인 글쓰기라 문학을 전공한 나와 맞지 않았다. 일상생활 글쓰기 블로그 광고에 낚인 것이다. 그 강사는 생활 글쓰기를 고집하며 자기의 수업 방식만 고집한다. 사 년 동안 문학 전공한 것이 공염불이 될 것 같아 문장 공부는 안 듣는다. 유튜브에 무료로 강의를 올려 주는 유명한 사람도 비문학 글쓰기 강좌라고 밝혀 주는 친절함에 감사한다.

문학적인 수필을 쓰려면 시부터 공부하는 게 좋다. 시적으로 글을 쓰면 간결하고 독자의 마음을 헤아리는 문학적인 글이 된다. 글쓰기 공부를 하면 반드시 수강생의 글을 피드백해 주는 작가에게 배우라고 권한다. 일방적으로 떠들면서 알아서 쓰라는 것은 글쓰기 공부가 아니다.

글쓰기 수업 고객 모으기는 블로그가 효과가 높다. 본인만 쓰는 게 아니라 수강생 모집 광고용 댓글이나 블로그를 수강생들이 잘 써 준다. 인터넷에서 구전으로 소문내 주는 것과 같다.

나는 어떤 일을 하든 마음 편하게 살기로 했다. 돈 벌기 위해 소문을 내거나 광고는 안 한다. 비록 한 번 볼 고객이라도 나하고 인연이 되면 감동할 정도로 최선을 다한다. 그러면 그 고객은 진국단골이 된다. 이 바쁜 세상에 차를 몇 번이나 갈아타고 내게 오는 고객은 웬만한 가까운 친척보다 더 가깝게 느껴진다. 세상에 나를 대대적으로 알리려는 목적이 아니라면 꼭 필요한 사람만 고객으로 오는 것도 좋다.

'고객에게 끌려가지 않고 고객을 리드한다.'라는 생각으로 연구하고 최선을 다한다. 물질에 연연하지 않으면 마음 편하게 자영업도 할 수 있다. 자기가 꼭 필요한 물건은 먼 거리에도 구매하러 가듯 고객도 먼 거리에서 내가 필요해서 오게 하면 된다.

돈에 쪼들리면 고객에게 자존심 꺾고 굽신거려야 한다. 그런 상황을 안 만들려고 절약하며 산다. 적당히 필요한 부분만 소비하면 생활패턴에도 규격이 생긴다. 명품 가방보다 실속 있고 저렴하며 쓸모 있는 가방이 더 좋다.

천천히 나만의 페이스로 즐기며 사는 방법, 물욕을 버리면 가능하다.

글 쓰는 것도 책을 읽으면서 독자와 이야기를 나누듯 천천히 하는 글쓰기가 기억 떠올리기 좋다.

제2장

평생학습
디딤돌 이어 주다

1

니르바나로
가는 길

글쓰기 강의를 하면서 많은 생각을 하게 된다. 책은 쓰고 싶은데, 글쓰기를 어렵게 생각하는 사람이 있다. 워라밸(work-life-balance) 즉, 일과 삶의 균형을 사람들은 추구한다. 일을 하면서 글쓰기나 취미, 다른 일과의 균형을 잘 찾겠다고 고민을 하게 된다. 어느 쪽이든 어정쩡하게 하면서 균형 잡기를 바라면 안 된다. 어떤 일이든 잘해야 다른 삶도 다룰 수 있듯 글쓰기도 마찬가지다. 최선을 다해 글을 써 가면서 내 생활의 여유를 찾아야 한다.

글쓰기는 지나온 내 삶에서 실 꾸러미를 뽑아내는 과정이다. 내 삶의 과정이 재료가 되고 거기서 나만의 귀한 경험이 재탄생하는 것이다. 책이라는 용광로 속에 나의 경험과 생각을 버무려서 화학적 변화를 거쳐 작품을 만들어 가게 된다. 내 삶의 체험이 글감이 되고, 다양한 글거리의 소재가 된다. 고민도 생각도 없이 공짜로 얻어지는 것은 없다. 체험과 경험, 타인과의 교류가 없어도 글은 쓸 수 있다. 그러나 다양한 경험이 뒷받침되지 않은 사람은 양질의 글을 써내기가 어렵다.

책은 나에게 참 고마운 존재다. 책이 없었다면 그 많은 정보와 간접 체험을 어디서 할 수 있었을까? 책에서 많은 정보를 얻고 생각을 바르게 하면서 살았다. 타인에게 좋은 영향을 주려고 노력했고 글쓰기를 하면서 내 삶을 업그레이드할 수 있었다. 사람은 일생을 통해 사람이 되어 가는 과정을 거친다. 어찌 보면 책은 고마운 스승이자 지인이다.

많은 사람의 삶이 각양각색이듯 양질의 책만 있는 게 아니다. 책을 읽거나 사람들과 대화를 하거나 심리적 요인과 관련되어 있다. 나를 힘들게 했던 사람과 나에게 좋은 영향을 미쳤던 사람이 글의 소재로 등장하기가 쉽다. 나도 다른 사람에게 글감이 된다면 선한 이미지로 쓰였으면 한다. 그래서 글 쓰는 작가들과는 좋은 관계를 유지하라는 우스갯소리가 있다.

마음이 괴롭거나 몸이 아플 때는 일이 마음대로 안 된다. 몸이 아프면 의사의 도움으로 치료할 수도 있다. 마음이 아플 때 심리 상담을 해도 외상 치료처럼 효과가 금방 나타나는 것이 아니다. 나의 경우 책에서 나와 비슷한 저자의 경험을 읽었을 때, 문장 하나,

단어 하나에서 위로를 받고 동기부여를 받았다.

"아리스토텔레스의 책 수사학에서 설득의 기술을 인용해 본다. 설득의 심리학에서 보편적 규범이 적용된다. 메시지의 논리인 로고스, 말하는 이의 인격을 말하는 에토스, 청중의 감정과 정서를 말하는 파토스가 인용된다."

상대에게 강한 공감과 감동을 얻어 낼 수 있는 설득의 요소는 바로 로고스, 파토스, 에토스이며 이것이 조화를 이룰 때 글쓰기에서도 설득의 심리가 힘을 얻는다.

비가 오면 바르게 고인 물을 받아 내는 연잎의 지혜를 배우게 된다. 하늘을 향해 두 팔 벌리고 있는 연잎도 빗물을 다 받으려고 욕심을 부리지 않는다. 살아가면서 내 맘 그릇에 담길 분량만큼만 계영배처럼 비워 낸다. 연잎의 지혜를 배우며 균형을 터득하는 삶을 살아가기 위해 나를 돌아본다. 다른 사람의 다양한 의견도 섭렵해야 하지만 책을 통해서 바른 생각을 하는 것도 좋은 방법이다. 내 글에서 느끼는 차별화는 문체이며 나와 만나는 소중한 시간이다.

글을 잘 쓰는 사람은 논리적으로 말을 한다. 글은 혼자 쓰지만, 많은 사람이 공감해 줄 때 작가는 위로를 받는다. 아리스토텔레스가 설득의 심리학에서 가장 중요시했던 것은 '에토스'이다. 내 글 속에 독자가 들어와 함께 울고 웃으며 위로받게 된다.

작가와 깊이 공감하기 위해 책을 읽고 서평을 쓰고 메모도 한다. 책을 읽으면서 지식이 지혜로 자란 나눔을 하고 싶어서 글을 쓰고 있다. 독자의 공감을 이끌어 낸다는 것이 쉽지 않을 것이다. 하지만 내가 글을 쓰면서 내 마음을 위로하고 인생의 설계를 바르게 할 수 있었다.

내 삶을 설계하고 실천하며 '니르바나'의 세계로 향해 가는 글쓰기를 계속할 것이다. 내 인생 설계대로 실천하며 오늘보다 내일의 기록을 새기며 걸어갈 것이다.

작가는 자기가 몸담았던 회사나 모임, 배움터, 종교에서 물질적, 정신적 도움을 작게라도 받았다면 그곳에 대해 비난하는 글은 쓰지 않는 게 좋다. 독특한 체험 과정과 좋았던 기억은 쓸 수 있다. 결국 책을 읽고 글을 쓰는 건 삶에 대해 질문하고 나에게서 답을 찾아가는 과정이다.

주민들과 함께 글쓰기를 하면서 우리 세대의 지혜를 후대에 남기는 인생 3모작을 하고 있다. 글쓰기로 지혜 나눔을 하는 사람들이 많아져서 세상의 판을 바꿔 가도록 마중물 역할을 하고 있다.

지인의
역할

지인의 역할은 어디까지일까? 내가 처음 책을 내고 구매 의사를 물으면서 많은 생각을 했다. 물론 요즘은 인터넷의 발달로 책을 구매하지 않은 사람이 많은, 시대의 흐름을 간과하지는 않았다.

책을 내는 건 아이 하나를 출산하는 고통에 비유한다. 남의 글을 읽어 보면 생활 잡기를 써 놓은 것처럼 느껴져 책 내는 게 쉽다고 생각할 것이다. 카페나 블로그에 꾸준히 글을 올려 본 사람들은 그동안 써 온 글이 저축되어 있으니 책을 쉽게 쓸 수 있겠다는 착각에 빠진다.

책을 만드는 글의 책임은 다르다. 한 꼭지마다 독자에게 경험의 깨달음과 메시지가 들어 있어야 한다. 한 편의 글을 접하면 끝까지 읽고 싶고 독자의 흡인력을 끌 수 있는 단단한 문체인가 고민도 해야 한다. 독자의 눈길이 건너갈 구간 구간 징검다리를 잘 배치했는지 행간마다 조율을 해야 한다.

"퇴고는 걸레다."라는 헤밍웨이의 말이 있다. 초고가 한 번이면 퇴고는 아홉 번 하라고 말한다. 아홉 번의 퇴고를 하다 보면 내 글을 붙들고 반복을 거듭하면서 진절머리나는 시험공부 같은 과정을 거쳐야 한다. 몸살 나는 과정을 거치며 쭉정이를 골라낸 원고라 해도 책자로 나오면 가끔 쌀에 섞인 뉘처럼 오, 탈자가 보인다. 써 놓고 보면 더 좋은 문장이 있었는데……. 고민하다가 태어난 자식에게 과잉보호를 멈춰야겠다며 마음을 거둔다. 그래야 두 번째, 세 번째 책 쓰기를 생각해 볼 여유가 생긴다.

몇 년 전부터 책 한 권을 쓰기 위해 동인지도 계속 써 오고 자서전 쓰기 책을 여러 권 독파하고 어르신 자서전 써 주기도 하며 예행연습을 많이 했다. 내 책을 탄생시키기 위해 많은 준비를 한 과정들은 마음속 깊이 각인이 되어 튼튼한 심지가 되었다. 내가 건져낸 생각에서 이타심으로 과거와 화해도 하고 고운 말, 좋은 말을 쓰는 습관을 가질 수 있었던 것은 책 쓰기 하면서 터득한 덤이다. 책을 쓰기 전에 자서전에 필요한 내용을 집요하게 읽었다.

디지털에서는 글을 꼼꼼하게 안 읽고 후루룩 넘기게 된다. 책을 읽더라도 메타 인지 기능이 생길 때까지 재독을 하라고 권유하고 싶다. 한 번만 읽은 책이 내 삶에 영향을 미치지 못할 수도 있다. 책을 한 번만 읽은 사람을 경계하라는 말이 있다. 인간은 망각의 동물이라 반복이 중요하다. 자동화 시스템을 공기 마시듯 생각하면 안 된다. 자동화는 반복으로 생긴 결과다. 몸의 근육도 반복 운동으로 다져지듯 반복하면 발전한다. 반복으로 읽는 법도 전략이 필요하다. 책을 읽으면서 나에게 질문하고 그 질문에 답을 한다. 포스트잇 첨가, 줄 긋기, 필사 등, 방법으로 단기기억을 장기기억으로 늘리는 작업이 필요하다.

오감을 활용하여 반복해서 읽다 보면 몸에 밴다. 오디오로 듣고 독서 노트를 쓰고, 책을 e-book으로 읽으면서 한 번 더 중요한 부분을 체크한다. 책을 읽으면서 좋은 글은 필사하는 것도 좋다. 신경을 이용하는 법은 운동처럼 뇌도 반복하면 두꺼워지고 쓰면 쓸수록 강해지며 젊어진다. 독서를 한 후 느낀 만큼, 배운 만큼 변화하는 것이다. 반복하면서 변화할 때까지 읽고 실천해야 한다.

"어떤 종류의 성공이든 인내보다 더 필수적인 자질은 없다." 록펠러의 말이다.

무수한 담금질이 장인을 만들듯 독서도 꾸준히 반복하다 보면 사람이 변한다. 무엇을 배우든 내공이 쌓이면 남에게 줄 수 있는 능력까지 발전한다. 남을 주기 위해 노력하다 보면 스스로 성장하고 있다는 것이다. 이타심으로 공부하고 독서도 한다.

책을 쓰는 것도 독자에게 줄 메시지를 생각하면서 쓰게 되듯, 글을 읽는 것도 마찬가지다. 책 읽는 과정을 하루 생활에 비유하면 독자를 위한 독서는 아침에 읽는 것이다. 점심때쯤 읽는 독서는 나에게 양식이 되는 독서라 생각하니, 내가 읽는 글이 어떤 영양식이 될지 체감하며 읽는 맛이 다르다.

작가는 독자까지 생각해서 이타적인 독서를 한다. 성공하기 위한 독서를 할 것인가. 이타심을 나눌 독서를 할 것인가는 개인의 역량에 달렸다.

마음에 양식이 되는 글을 읽고 중심이 단단한 사람은 시류에 쉽게 흔들리지 않는다. 책을 읽는다는 것은 사람답게 살기 위해서다. '좋은 책은 사람을 만든다.', 이타심으로 책을 읽으려면 메타 인지 기능까지 깊게 읽는다. 글이 좋은 아이디어를 떠오르게 하며 창조적 마인드가 생긴다.

책을 읽으면서 마음치유하고 글쓰기 하면서 타인을 이해하는 폭이 넓어졌다. 소소한 일상의 글이 누군가에겐 큰 위로가 될 수도 있다. 책을 쓰면서 상처와 아픔, 원망도 드러내 놓고 글로 쓰다 보면 스스로 치유가 된다.

인간은 무의식중에 '페르소나' 가면을 쓰고 산다. 대중들과 부딪히면서 나도 모르게 내 치부를 감추기 위한 가면적인 삶을 연기를 하고 사는 것이다. 내 치부를 글에 내려놓으며 구원을 받고 독자들과 공감한다. 글 쓰는 동안 행복한 추억을 소환하며 그 시간으로 빠져들어 포근한 기쁨을 누린다. 어두운 아픔을 글로 녹여 내어 갈무리하고 마음속에 산소를 호흡한다. 글에 내 치부가 드러난다 해도 내 글을 읽는 독자 한 명만 감동시킬 수 있어도 글 쓰는 보람을 느낀다.

책 쓰기로 새로운 긍정을 채워 넣으며 행복을 미리 맛본다. 아픔도 악연도 반복해서 쓰다 보면 괴로움이 사라진다. 지인들이 내 책을 사 줄 것을 염두에 두고 쓰는 건 아니다. 몇십 년 마음 나눈 지인이라면 보관용으로라도 책 한 권쯤은 사 주는 매너가 있어야 한다. 평소에 나는 책 선물을 잘한다. 내 책을 선물로 줄 수도 있지만 자식 같은 내 새끼를 읽지도 않고 처박아 둘까 봐 책을 돈 주고 구입하라고 권한다.

작가의 지인이라면 책 한 권쯤 사서 읽어 주는 매너를 가지라고 강력하게 권유한다.

3
_____

수강생 모집에
정성을 쏟다

'그림책 마음 테라피' 수업을 신청할 때 그 수업에 못 들어온 사람들이 다음 수업 때 꼭 불러달라고 했다. "하반기 두드림 강좌가 시작되면 신청해서 하세요." 했다. 8월이 되자, 하반기 두드림 강좌 모집이 시작되었다. 코로나가 4단계로 오니 줌으로만 수업을 하란다. 두드림 강좌가 일곱 명이면 되는데, 줌 수업이라 그런지 열 명을 모집하라고 한다.

마침 교회 사모님이 우리 가게를 오고 가면서 농산물을 조금씩 가져다줘서 잘 얻어먹고 친해졌다. 종교를 떠나 이타심을 가지고 봉사를 하는 사람들을 보면 참 고맙다는 생각이 든다. 교회에 작은 도서관이 있다고 거기서 두드림 강좌 수업을 하면 좋겠다고 교회

다니는 사람으로 수강생 모집하겠다고 했다. 교회 사모님은 교회에 작은 도서관 만들어 놓고 넓고 좋은 장소를 놀리고 있으니 아까웠는데, 참 좋은 생각이라고 한다. 그래서 두드림 강좌 모집이 시작되었다. 글쓰기는 온라인에서 가능한데, 그림 그리기는 하루만 오프라인에서 시연을 하면 된다. 그림을 처음 그릴 때 직접 설명을 해 줘야 할 부분이 있기 때문이다. 그래서 줌 수업은 아무래도 어려울 것 같으니 안 하는 게 좋겠다고 내가 말했다. 날짜도 아직 남아 있고 목사님이 하라고 하니 광고 팸플릿도 돌리고 더 모집을 해 보겠다고 한다. 말을 꺼내 놓고 하네, 마네 하면 안 되겠다는 생각에 그림 모집해 보라고 했다. 그런데 한 달이 다 되도록 처음 모집한 네 명만 있다고 한다. 내가 아는 지인들에게 여기저기 연락을 해서 네 명 명단을 줬다. 교인이 삼백여 명이나 되니 나머지는 교회 사람들을 설득해 보라고 했다. 마감 이틀 전에 모집이 다 되었냐고 물으니 추가 모집이 한 명도 안 되었다고 한다. 여지껏 뭐 했냐고 큰소리를 냈다. 처음부터 수강생 모집 책임자인 도서관 관계자를 연락을 할 수 있게 연락처를 주던가. 문자도 잘 안 읽고 카톡도 안 열어 보고 참, 일을 성사하려는지 아닌지, 도대체 교회 사모님의 흐지부지한 태도가 이상했다.

무료로 받는 강의라 해도 수강생 모집에 적극성을 띠라고 말해도 편하고 자연스럽게 해야지 강제성을 띠면 안 된다는 말만 한다. 나머지 두 명을 모집을 못 하고 있어서 이리저리 말해서 두 명을 마저 모집했다. 사람이 없어서 남편까지 동원해서 수업에 동참시켰다.

 교회 사모님께 처음부터 이런 일을 흐지부지해 버리면 다음에도 신뢰를 얻기가 어려우니 적극적으로 사람 모집을 하라고 했다. 내가 강의료 때문에 그러는 게 아니다. 전에 여성단체에서 리더를 해 보니, 회원들에게 신뢰를 얻는 게 중요하다는 것을 깨달았기 때문이다. 어떤 일을 하든 한두 가지 성사를 못 하면 다음에는 더 모집이 안 된다. 그 단체는 이미 신뢰를 잃었기 때문에 다음에는 어떤 공고를 내도 안 믿는다.

 두드림 강좌 신청 마감 날 문자 한 통을 통보받았다. 교회 사람들이 주소가 안양이 아니고 한 사람은 줌 수업을 안 한다고 해서 빠졌다고 한다. 나는 화가 머리끝까지 났다. 전화로 미안하다는 말 한마디 없이 이렇게 신뢰 없이 일 처리하는 사람 처음 봤다. "공부하겠다는 사람 다 모집해 놨더니 무책임하게 쉽게 없던 일로 하냐."고 따졌다. "퇴근 시간에 집에 있을 건데 무슨 시간을 냈다고 생각하냐며 안 하면 그만이지." 한다. 곰곰이 생각하다가 너무 화가 나서 사모님에게 한마디는 꼭 해야겠다. 나는 감정을 실어서 교회 사모님에게 "대실망입니다." 하고 문자를 보냈다. 자기가 왜 욕을 먹어야 하냐는 듯 강사 선정을 자기들이 하지 그걸 못했다고 그렇게 화를 내냐고 답이 왔다. 더 이상 상대할 가치가 없는 얌통머리 사모님이다. 교회 사람들이 사모님, 사모님 떠받들며 우상을 만들어 주니까 대단한 존재라도 되는 듯 취해서 산다.

평생교육협회 회장님이 점심이나 먹자고 사무실로 오라고 한다. 운동을 할 겸 걸어서 갔다. 비가 추적추적 옷깃을 파고들어 급하게 우산을 폈다. 걸을수록 이슬비가 바짓가랑이를 적신다. 바지는 벌써 축축하다. 안양천 징검다리를 건너가려니 물이 불어나서 길이 잠겼다. 에구, 돌아가야겠다. 저 위만큼 올라가면 다리가 있는데 거기로 건너가야겠다. 약속 시간 전에 도착하려면 빨리 걸어야겠다. 한창 바쁘게 걷고 있는데, 회장님이 언제 도착하냐고 전화가 왔다. 다리가 잠겨서 돌아서 걸어가고 있다고 했다. '도의원님'이 나를 보고 가겠다고 기다린다고 한다. 에고 국정에 바쁜 사람이……. 바쁘면 다음에 보자고 전해 주라고 말했다. 급하게 걸어서 도착하니 도의원님이 나를 기다리고 있다. 책 내느라고 고생했다면서 책을 줘서 고맙다고 인사한다. 팬데믹으로 네 명 이상 낮에도 모임을 못하니 식사도 함께 못하고 그냥 간다.

회장님께 두드림 강좌 이야기를 했다. 그 수업이 신청자가 부족해서 날짜도 뒤로 미뤄 주고 인원도 다섯 명으로 줄였다고 한다. 앗싸! 살았다. 내가 소개한 사람이 여섯 명이니 교회 사람 빼고 우리가 아는 사람만 신청해도 될 것 같다. 이념이 맞지 않는 교회 사람들과 인연을 끊으라고 이런 사건이 있었나 보다.

처음 하고 싶다는 지인에게 모집한 사람 인적사항을 주고 대표로 신청을 하라고 했다. 두드림 강좌에 들어가서 날짜가 어떻게 바뀌었는지 알아보라고 해도 말이 없다. 마음이 바뀌어 하기가 싫은

가 보다. 말은 안 하지만 내가 강의료 받고 싶어서 서두른다고 교회 사모님처럼 생각하는가 보다. 공부하기 싫으면 강제로 하지 말라고 문자로 전했다. 지금 병원에 가고 있는데, 다른 수업도 두드림 강좌로 들어서 자기는 자격이 없는 거 아니냐고 한다. 그런 것은 나도 모르니 자세한 것은 두드림 강좌팀에 질문을 하고 하기 싫으면 안 해도 되니 그런 핑계 대지 말라고 했다. 대표를 맡기가 싫은지 다른 사람에게 대표를 맡기라고 한다. 개별로 들어와서 나는 사람이 없다고 해서 연결만 해 주니, 대표할 사람 없으니 그만두라고 했다. 잠깐 기다리라고 하더니 대표로 신청하겠다고 한다. 다시 인적사항을 올려 줬다. 20대 어린 사람이 줌 수업인 줄 몰랐다면서 또 한 명이 빠져나간다. 겨우 다섯 명이니 두 명만 더 사람을 모집하라고 일일이 전화를 해서 재촉을 했다. 다행히 두 명이 더 들어왔다.

두드림 강좌 신청을 끝냈다고 밤에 연락을 받았다. 휴! 강좌 하나 개설하기 정말 어렵다. 내가 평생 공부를 마중물 역할을 하겠다고 했는데, 이렇게 어려워서 어떻게 글쓰기 수업을 이어 갈지 걱정이다. 이젠 강사 모집 공고가 나오면 그런 곳에서 인연이 되면 해야겠다. 적절한 곳에 나눔 하는 것도 어렵다.

인문학 수업은 고시 공부하듯 공부를 좋아하는 사람이 찾아서 한다. 인문학에서 참 좋은 강의를 들었는데, 그 보물 같은 강의를 수강생이 몇 명 안 들어서 안타까웠던 일을 생각하고 꾹 참는다.

동화 모사,
각색하며 초등학생과
휘모리장단을 추다

11월 중순 초겨울비가 장맛비처럼 세차다. 초등학교 삼 학년들과 '동화각색, 동화 모사'로 앨범 만들기 강의를 맡았다. 첫 시간부터 수업에 들어가야 하는데, 빗속에 걸어갈 수도 없고 걱정이 태산이다. 학생들 수업자료 인쇄를 해야 했던 나는 학교에 빨리 가기 위해 일찍 집을 나섰다.

계절에 맞지 않게 장맛비처럼 사정없이 내리치는 빗줄기가 걱정이다. 버스를 타고 가다가 택시를 갈아탈 생각으로 비산사거리에 내렸다. 버스, 택시, 차들이 엉켜서 움직이지 않는다. 버스에서 내려서 보니 그 넓은 대로변 사거리가 물바다를 이루고 차들이 헤엄치듯 굴러가고 있다. 떨어진 낙엽들이 하수구를 막아서 물난리가 낳는데, 공무원도 출근하지 않은 이른 시간이라 대책이 없다. 비상시엔 내 발을 믿을 수밖에 없다. 택시도 잡을 수 없으니 빗속을 뚫고라도 뛰어야 했다. 그림이 인쇄된 수업준비물이 가득 든 가방을 메고 사방에서 내리치는 빗속으로 빠르게 걸어갔다. 신발은 첨벙첨벙 이미 물에 빠진 지 오래다. 이십 분쯤 걸어 학교에 도착했다. 양발까지 젖어 교실에 들어서기가 민망할 정도다. 복사를 하려고 가방을 열었다. 맙소사! 오늘 수업할 인쇄된 그림이 다 번졌다.

'큰일 났네. 그래도, 그림 형체는 알아볼 수 있으니 다행이다.'

코로나로 인한 사회적 거리 두기가 체험수업 끝날 동안 격상되지 않아야 한다. 제발 대면 수업으로 체험학습을 무사히 끝내게 해달라고 기도했는데, 때아닌 비가 수업을 방해할 줄이야.

어린 학생들이 무사히 수업에 들어온 것을 보고 안도의 숨을 쉬며 감사했다. 모든 이들의 염려 덕에 순간순간이 무사히 이루어짐을 느끼는 감사한 시간이다.

한 반에 2교시 동안 한 장의 그림이 마무리되어야 학급 앨범을 만들 수 있다. 학생들과 선생님을 수시로 재촉했다. 그림에 소질이 있는 어른도 어려운 일인데, 학생들이 제대로 해낼지 걱정이 태산이다. 어린 학생들에게 동기부여를 해야 했다.

"그림앨범, 졸업장, 성적표, 표창, 상장은 평생 갑니다. 앨범 한 권이라도 만들어 본 사람 없지요? 여러분은 반 공동으로 생애 최초 앨범을 만드는 거예요. 평생 간직할 앨범을 잘 만들어야겠지요?

내 그림이 가장 예쁘게 동화를 그리세요."

"선생님 내 그림 좀 봐주세요."

"넌, 몇 번째 오니? 다른 친구들 그림도 봐줘야지?"

잘한다. 그림 아주 잘 그린다. 칭찬을 많이 해 줬더니 학생들 어깨가 들썩거렸다. 나한테 칭찬이 듣고 싶은지 학생들이 나를 자주 찾았다. 주눅이 들어서 그림을 못 그리고 있는 학생은 밑그림을 잡아 줬다. 평생 소장할 학급 앨범을 만들기 위한 릴레이 동화 그리기에서 각자 맡은 그림을 꼭 완성해야 한다는 다그침에 학생들은 잘 따라 주었다.

어려운 그림 그리기를 열심히 해 줘서 감사한 마음이 들었다. 수고 많았다고 학생들에게 큰절을 했다. 내 말에 동의한 듯 우레와 같은 박수를 받았다.

학생들이 그려 놓은 육백 장에 가까운 그림을 새벽 2시까지 꾸벅꾸벅 졸면서 수정을 했다. 논문 쓸 때 밤새워 가며 공부했던 생각이 나서 웃었다. 담임선생님과 학생 모두 열심히 해 줘서 무사히 작품을 완성할 수 있게 되었다.

동화각색은 시간이 부족하니 미리 집에서 각자 해 와서 발표하도록 했다. 각색을 잘한 글을 동화 그림과 싣겠다고 했더니, 담임선생님이 나를 불렀다.

"학생들의 각색이 골고루 들어가게 분단을 나눠서 각색을 실어

줬으면 해요."

"다 참여하게 할 건데요."

각색해 온 것을 학생 모두 발표하게 했다. 그리고 어떤 글을 실을지 투표로 결정하게 했다. 각색을 처음 해 보는 학생들의 눈이 초롱초롱 빛나며 내 질문에 손을 번쩍번쩍 들었다. 꼭 해야 한다는 강박감과 할 수 있다는 내면의 믿음이 신의 가호를 받은 듯했다. 생각이 행동을 일으킨다는 '양자물리학'이 적용된 모양이다. 짧은 기간에 동화 그리기와 동화각색을 해낸 일은 기적에 가까웠다는 생각이다.

2019년 말부터 펜데믹이 우리의 일상을 묶어 놓았다. 학생들도 등교를 제대로 못 하고 공부다운 공부를 못 했다. 학생들이 안쓰러워 울상을 짓던 담임선생님 걱정을 어느 정도 해소해 드린 것 같아 기분이 좋았다.

'어린이들은 사회가 함께 키우는 거야.' 학생들과 한바탕 신나게 놀면서 동화 모사와 각색을 했더니, '휘모리장단'을 한바탕 추고 나온 기분이었다.

정년 후 학생들과 함께 공부할 생각으로 따 놓았던 많은 자격증이 빛을 발하는 순간이었다. 초등학생들의 의미 있는 앨범 만들기에 동참할 수 있었던 나는 코로나 덕을 본 듯 뿌듯하다.

마중물 펌프에
물이 올라올 때까지

글쓰기 수업 일 분기 과정이 끝났다. 자서전 쓰려는 사람들에게 글쓰기 모임 하면서 마중물 역할을 하고 싶었다. 열심히 글감을 끌어내 주기 위해 마중물을 넣고 펌프질을 했는데, 마중물이 저 깊은 심연 속으로 쏙 빠져 버렸다. 몇 바가지나 더 마중물을 넣고 뽑어야 글이 되어 나올까? 나도 그런 시기가 있었는지 되돌아보게 되었다.

글쓰기를 처음 시작하는 사람들은 자기의 사생활을 공개하기 싫어서 글쓰기가 어렵다고 한다. 공부든 일이든 운동이든 어떤 행동도 본인의 실행이 중요하다. 소를 물가까지는 억지로 끌고 갈 수는 있지만, 강제로 물을 먹일 수는 없다.

'나도 그랬었지.' 대학 일 학년 때가 생각난다. 대학 일 학년 때

전 과목을 교양과목으로 수강하고 평론 과목만 전공과목으로 수강했다. 사 학년 때까지 평론 수업이 많았는데, 내가 대학교수를 해 보니 학과장님이 평론 전공자라 평론 수업이 많았던 것에 이해가 되었다.

평론을 전공하려면 문학의 깊이 있는 지식과 철학의 비중을 간과할 수 없다. 그래서 평론은 학점이나 채우려고 하지, 깊이 공부하려는 학우는 드물다. 평론 수업 때는 단편소설 하나를 정해서 문학을 심도 있게 토론하고 비평을 한다. 비평 수업을 할 때마다 '내가 쓴 글도 이렇게 신랄하게 비평을 한다면 누가 글을 쓰겠는가. 문예창작학과를 괜히 왔네. 내가 써 놓은 글을 해부하고 파헤치고, 물고, 씹고, 뜯으면 글을 누가 쓰나?' 이런 걱정으로 삼 학년까지 머릿속이 바글바글거려서 글쓰기가 싫었다. 내 수업을 처음 듣는 수강생들이 아마도 딱, 이런 기분일 것이다. 그런데 그 기우를 삼 학년 때 벗을 수 있었다. 아무 책이나 비평 안 한다. 그야말로 물고, 씹고, 뜯을 가치가 있는 작가의 글을 비평한다. 토론할 가치가 있는 책을 비평에서 다뤄야 씹을 맛이 난다. 독자가 서평을 하게 되는 부분도 명문장이나 찡하게 가슴에 울림을 주는 문장이다.

온라인 수업에 '학습 도우미'가 점검하러 들어왔다. 하루 두 시간 수업에 세 번이나 들어와서 꼬박 수업 시간에 있었다. 오프라인에서 점검 오면 잠깐 수업 장면 사진만 담고 갔는데, 두 시간 내내 함께 있으니 감시를 당하는 기분이 들었다. 줌 안에서 헛짓을 많이 하던 수강생들이 눈과 귀를 쫑긋 세우고 수업을 들으니 강사의 입장에서는 수업할 맛이 나고 좋았다. 다른 과목도 수업 시간 내내 감시하고 있었는지 물었다. 한 번 들어와서 잠깐 출석만 캡처하고 나갔다고 한다. 학습 도우미의 전화를 받았다. 글쓰기 수업을 들으니 정신이 번쩍 나고 깨달은 게 많아서 끝까지 수업을 들었다고 한다. 사회복지사인데 복지 사각지대 사람들 찾아다니다 보면 말투부터 분위기가 험한데 오랜만에 좋은 수업 들었다고 고맙다며 평생교육사 쪽으로 일을 하고 싶다고 했다.

나는 어떤 과목을 수업하든 수강생에게 많은 것을 알려 주려고 한다. 수업을 열심히 들어도 콩나물시루처럼 공부한 것이 다 빠져 나가도 콩나물 자라듯 지식이 잘 자라 줄 것이다.

나는 처음 접하는 일에도 순발력이 뛰어나 문제 해결을 쉽게 하니 잔머리 대왕이라는 말을 들었다. 머리가 좋아서가 아니라 그동안 책을 읽고 공부한 지식이 축적되어 어려운 문제를 직면하는 순간 반사적으로 해결하는 능력이 생겼기 때문이다. 이것저것 지식을 습득하다 보면 알게 모르게 지혜로 자라서 문제 해결 능력이 뛰어나다. 공부한 과정이 경험처럼 축적되어 물질의 풍요도 가져온다. 지식 소비자보다 생산자의 입장은 훨씬 많은 노력이 필요하고 얻어지는 지식의 성과도 크다. "가르침은 배움의 반"이라는 속담이 있다. 가르치면서 많이 배우고 소득으로까지 연결되니 글쓰기가 좋다.

공부든 운동이든 자기만의 속도로 가야 완주한다. 수강생이 처음 듣는 수업을 가르치는 사람처럼 잘하려고 욕심을 내면 수업이 어렵게 느껴지고 포기하게 된다. 남이 하면 자신도 쉽게 할 수 있다는 착각에 빠진다. 공부는 꾸준히 해야 시간이 흐를수록 지식이 저축되어 큰 성과를 이룬다. 새로운 분야 공부를 하면 자신만의 페이스를 찾아서 "천 리 길도 한 걸음부터" 시작하듯 꾸준히 해야 한다.

　글쓰기 강사 지원서를 내고 합격 통지가 오기만 기다렸다. 합격자 발표가 지났는데도 연락이 없어서 불합격했나 보다 하고 잊고 있었다. 일주일쯤 지나니까 연락이 왔다. 프로그램을 내는데, 줌으로 한 시간만 하라고 한다. 최저 강의비로 두 시간 하고 받을 수 있는 강사료다. 내가 강의비 안 따지고 수업 진도에 따라 두 시간을 하겠다고 했더니 수강생들과 합의 후에 하라고 한다. 20강좌가 모두 오십 분 줌 수업으로 통일된 것을 보니, 아무래도 수강생들이 줌 앞에서 두 시간 수업 듣는 게 지루하고 힘들었나 보다. 줌 수업이 성실하게 들으면 좋은 면이 많은데, 집에서 수업을 들으니 가사일이 우선이다. 커피도 마시고 밥도 먹고, 빨래도 널고, 왜 공부하려면 집안에 밀린 일이 생각날까? 허긴 나도 줌 수업을 들을 때는 별짓을 다 하니 다른 수강생들에게 성실하게 참여하라고 말은 못 하겠다. 줌 켜고 들어 주는 것만 해도 감사해야 할지, 먹기 싫은 음식 억지로 먹이는 것 같아서 마음이 불편하다. 수업이 끝나고 글쓰기 동아리 반 모집을 했더니 겨우 반 정도 왔는데, 그것도 사정사정해서 들어왔다. 이런 사람들에게 계속 글쓰기를 해야 한다고 마

중물을 어디까지 부어야 할지 나도 난감하다. 그래서 동아리 활동
은 하고 싶은 마음이 들 때까지 기다리기로 했다. 글쓰기 계속하고
싶으면 지인들을 소개해서 함께 들어오라고 했다.

아무리 좋은 취지로 도와주려고 해도 먹지 않으려는 사람들에게
어떻게 마중물을 부어야 수강생들이 글을 쓰려고 할까 더 고민을
해 봐야겠다. 아무리 공짜로 줘도 관심 없는 것에는 눈길을 주지
않는다. '평생교육시대'라 공붓거리가 넘친다. 다른 물 맛보러 건너
가기 전에 글쓰기 강의에 마중물을 몇 바가지 더 퍼 넣을지 연구를
해 봐야겠다.

공부야, 놀자!

제3장

마음이
자라는 시간

1

실장어잡이

내가 태어난 곳은 영산강이 마을을 휘돌아 흐르고 허허벌판에 백여 가구가 모여 산다. 산도 구릉도 하나 없어 막힌 곳이 없다고 '터진목'이라고 부른다. 지금도 면사무소에서 버스를 내려서 한 시간은 걸어가야 고향 마을 터진목에 도착할 수 있다. 나주평야지대로 해마다 가뭄과 물난리만 나지 않으면 농산물로 얻는 수확이 쏠쏠해서 인근 농촌에서는 알부자들이 살고 있는 동네라고 한다.

목포 앞바다에서 유입되는 썰물, 밀물로 얻는 수확이 쏠쏠하다. 썰물 때 드러나는 모래사장에 노랗고 앙증맞은 꼬막을 잡고 진흙뻘에서 조개를 잡아서 영산포 장에 내다 팔면 살림에 많은 도움이 되었다. 영산강은 농사를 짓다가 봄부터 가을까지 꼬막을 잡고 모래찜을 하는, 동네 사람들 놀이터였다. 절대 가난한 시절, 보릿고개와 춘궁기를 견딜 수 있는 식량이 되기도 했다. 우리 마을은 영산포로 가는 홍어, 갈치 배가 쉬어 가는 간이 나루터로 마을 사람들에게 많은 일터를 제공하고 수입을 안겨다 주는 나루터다. 큰 배가 나루터에 멈추면 홍어, 갈치, 고등어, 새우 등, 싱싱한 생선을 싸게 사 먹을 수 있어서 마을 사람들은 횡재하는 기분이었다.

봄부터 가을까지 꼬막과 물고기를 잡고 초봄부터 실크바람이 살랑거리는 5월까지 실장어잡이를 했다. 실장어잡이는 한 해만 잘해도 몇 년 농사보다 큰 수입을 올릴 수 있었기 때문에 젊은 장정들이 있는 부농에서는 나룻배를 사서 초봄에 실장어잡이를 했다. 썰물 때면 우리 동네 모래사장에서 찜질을 하면 신경통이 낫는다는 소문이 나서 인근에 사는 많은 사람이 와서 모래찜질하고 꼬막도 잡으면서 놀기 좋은 유원지 같은 놀이터였다.

보름달이 강물을 버무리며 은빛 수면을 흔들 때면 고고히 흐르는 물살을 거슬러 터를 찾아오는 물고기들의 고향이기도 했다. 보름달이 뜰 때는 강물에 피어오르는 안개와 고요한 달빛이 어우러져 강물에 버무려지며 한 폭의 수채화를 드리운다. 비릿한 물 내음에 젖은 새벽안개를 뜨개질하듯 노를 저으면 찰싹거리는 물결의 화음과 분위기에 젖는 선남, 선녀들이 신선처럼 뱃놀이를 즐기는 장소이기도 했다.

작은오빠는 부잡스럽고 호기심이 많아서 가끔 곡식이나 짐승 서리를 잘했다. 그럴 때마다 말 잘 듣는 나를 데리고 다녔다. 작은오빠는 뒷마당에 벼를 타작하고 쌓아 놓은 짚더미 주위를 돌다가 작은 구멍에 새알이 있는가 손을 넣어 보라고 했다. 작은 구멍이 뱀 구멍 같아 무서웠다.

"오빠가 해 보세요."

"내 손은 커서 안 들어가니까 네 작은 손으로 넣어서 새알 있나 확인만 해 봐."

작은오빠를 따라다니면 심심하지가 않고 맛있는 주전부리를 얻어먹는 재미도 쏠쏠했다.

"오늘 나 따라갈래?"

"비도 오는데 어디를 가는데요?"

"배 타고 새더미로 실장어 잡으러 가."

"알았어요. 오빠, 나도 꼭 데리고 가요."

새더미는 밀물, 썰물에 휩쓸린 물살이 만들어 놓은 새로 생긴 모레둔덕이다. 강물이 둥글게 마을 앞을 휘돌아 흐르며 강폭이 넓어져서 물살이 소용돌이칠 때면 나룻배도 지나가지 않은 위험한 곳이었다. 비가 추적추적 내리는 초봄이라 우산을 쓰고 걸어도 온몸이 쪼아 대는 빗줄기에 젖고, 풀잎에 대롱대롱 맺힌 물방울이 옷속으로 스며들어 흠뻑 젖은 몸은 으슬으슬 한기까지 들었다. 새더미 거센 소용돌이 물살에 휘돌다 솟구쳐 나온 실장어가 많이 잡히는 노다지 장소라고 했다. 배가 새더미 강 중간에 이르자 작은오빠가 이웃집 아저씨에게 배를 가까이 대라고 했다. 시커멓게 떠밀려 오는 물체가 물살에 휩쓸려 가지 못하게 막으라는 것이었다. 두 대의 배는 익숙한 듯 커다란 물체를 막았다. 물 위로 떠오르는 덩치 큰 물체는 거센 비와 뿌연 스모그를 헤집고 거대하게 떠올랐다. 자세히 보니 남자 시체였다.

영산강은 우리의 놀이터였는데, 어릴 때부터 우리는 물에 떠내려오는 시체를 자주 봤다. 남자 시체는 엎어져서 물에 떠내려가고 여자 시체는 하늘을 보고 누워서 떠내려갔다. 여자는 유방에 지방이 많아서 상체가 위로 떠오르는 거라고 했다. 물난리가 한바탕 쓸고 가면 가끔은 불어난 물과 함께 강기슭의 갈대숲에 시체가 걸려 있곤 했다. 그럴 때마다 동네 사람들이 시체를 신고하면 재수 없다면서 긴 대나무나 큰 밀대로 강물 속으로 다시 밀어 넣었다. 신고해봐야 경찰서에 오라, 가라 해서 귀찮다고 쉬쉬하며 다른 동네에서 발견되도록 강물로 밀어 넣어 버렸던 것이다.

"김 형, 시체 밑에 그물을 대요."
"알았어요."

퉁퉁 불어난 시체를 막아섰던 다른 배에 타고 있던 동네 오빠가 시체의 밑으로 파란색 모기장같이 촘촘한 그물을 대자, 반대쪽에 있던 작은오빠가 커다란 막대기로 시체를 툭툭 쳤다. 그러자 시체

의 구멍마다 바늘같이 작은 실장어가 뭉게구름 피어오르듯 쏟아져
나왔다.

"와! 오늘 횡재 만났다."
"오늘은 벌이가 솔찬헌디."
시체를 발견한 날은 다른 날보다 실장어를 훨씬 많이 잡을 수 있
었다. 작은오빠는 힘들게 잡은 실장어를 조금 큰 것은 강물에 놓아
주었다.
"힘들게 잡았는데, 왜 강물에 놓아 줘요?"
"일본에 수출하는데, 작을수록 값을 쳐준다. 조금 큰 것은 다시
놓아 줘야 다음에 더 많이 잡을 수 있지."
"이렇게 작은 실장어를 일본사람들이 왜 좋아한대요."
"일본에서는 수입한 실장어를 일본 땅 양어장에서 키워서 먹는대."

우리나라도 중국에서 수입한 미꾸라지 새끼를 한국에서 일주일
만 키우면 토종 국산 미꾸라지로 변한다고 들었다. 칠십 년대 실장
어를 일본에 수출했던 이유를 알 것 같았다. 실장어잡이는 주로 강
물살이 센 곳에서 잡기 때문에 위험해서 여자들을 안 데리고 간다.
비가 부슬거리는 초봄 추위에 오들오들 떨면서 커다란 물통에 가
득 찬 실장어가 무거운 줄도 모르고 만선에 행복한 어부처럼 뿌듯
했던 기억이 새롭다.

지금은 영산강 하구언 공사로 썰물, 밀물이 없어지면서 강에서 누릴 수 있는 즐거움은 추억 속에 잠겨 있다.

2
———

오징어 게임은
삶의 놀이

세계적으로 유명해진 「오징어 게임」은 황금만능을 쫓는 인간의 내면을 적나라하게 드러내는 드라마다. 한 사람당 1억의 값을 쳐서 '오징어 게임'을 시작한다. 등장인물들의 차림새가 쓰레빠 신고 추리닝 입고 동네를 어슬렁어슬렁 돌아다니는 영락없는 부랑아 스타일이다. 너도 1억 나도 1억, 상대방이 죽고 내가 살아야 상금을 따·따·따블을 쳐서 부자가 될 기회를 잡을 수 있다. 모두 눈이 벌게서 자기가 죽을지도 모르는 돈 따먹기 게임에 혈안이 되어 추잡스러운 블랙홀에 빨려든다.

어릴 때 날이 새는지도 모르고 달빛 아래서 뛰며 놀던 생각이 떠

70

0

공부야, 놀자!

올랐다. 낮에는 친구들이 모일 때까지 강강술래 노래를 골목을 돌며 크게 불렀다. 우리의 노래가 메아리로 퍼지면 집에서 밥을 먹던 아이들이 밥숟갈을 짧게 끝내고 놀이터로 모여들었다. 강강술래를 하다 지치면 숨바꼭질을 했다. 남자들은 딱지치기, 구슬 따기, 자치기, 제기차기하느라고 신이 났다. 여자들은 삔 치기, 땅따먹기, 고무줄놀이, 사방치기 놀이를 했다. 남녀가 함께 노는 놀이는 숨바꼭질과 '무궁화 꽃이 피었습니다'였다. 정신없이 놀다가 밤이 촉촉이 깊어지는 것도 잊었다.

보름달이 환한 밝은 달 아래에서 놀다가 흥을 멈출 수 없던 우리는 친구 집으로 우르르 몰려갔다. 가족들이 모두 먼 친척 집에 가서 집이 비어 있는 금숙이네 집 마당에서 숨바꼭질을 했다. 겁 많은 금숙이가 술래였다. 금숙이는 기둥에 얼굴을 붙이고 눈을 감은 채 "무궁화 꽃이 피었습니다."를 다섯 번 하고 나서 숨어 있는 우리를 찾으러 다녔다. 달은 고고히 떠 마당을 환하게 비추고 있고 우리는 컴컴한 담 아래, 장독대 사이로 숨었다. 나는 등불 하나 없이 귀신이 나올 듯한 컴컴한 창고에 숨었다. 창고에는 농기구들과 지게, 물통, 거름포대, 덕석, 가마니 등, 농사짓는 데 필요한 물건이 가득했다. 나는 술래에게 들키지 않고 꼭꼭 숨기 위해 시렁 위 덕석으로 올라갔다.

금숙이는 "무궁화 꽃이 피었습니다."를 부르며 술래를 찾으러 다녔다. 금숙이는 떨리는 목소리로 창고 입구에서 친구들 이름을 하나씩 계속 불렀다. 창고 안은 쥐죽은 듯 고요했고 기괴할 정도로 음산했다. 금숙이는 빨랫줄을 괴어 놓은 긴 장대를 들고 와서 내가 앉아 있는 덕석을 때리기 시작했다. 장대로 맞으면서도 들키지 않기 위해 이를 악물고 숨을 죽였다. 그런데 대나무로 자꾸 후려치니까 비명소리가 저절로 터질 듯 아파서 장대를 꽉 잡았다. 장대가 높은 덕석에서 움직이지 않고 아무 소리도 없자 금숙이가 비명을 지르며 장대를 확 잡아당겼다. 그때 시렁 위 덕석에 앉아 있던 나는 땅으로 곤두박질치면서 그 무거운 덕석들이 내 몸 위로 쏟아져 내렸다.

"아이쿠! 엄마, 나 죽어."
"친구가 덕석에 깔렸어요."

겁이 난 친구들이 우르르 몰려왔다. 너무 어렸던 우리는 응급조치를 할 수 없었다. 어른이 있는 우리 집으로 아이들이 뛰어가서 사고를 알렸다. 엄마와 언니들이 와서 덕석에 눌려 압사 지경에 있는 나를 둘러업고 집으로 왔다. 밤중이라 세 시간을 걸어가야 닿을 수 있는 읍내에 있는 병원에 가지도 못하고 끙끙거리며 밤을 보냈다. 팔을 접질려서 왼쪽 팔꿈치가 반대쪽으로 돌아가 버렸다.

일 년을 넘게 배를 타고 강을 건너 침술원이 있는 동네로 침을 맞으러 다녔다. 지금도 내 팔은 45도 정도 팔꿈치가 돌아가 있다. 엄마는 배를 타고 강을 건너 삼십 리 길을 업고 다니면서 치료를 해 주셨다. 엄마는 그 바쁜 농사철에도 딸이 팔 병신이 되면 큰일이라고 나를 업고 치료하러 다녔다. 헌신적인 엄마 덕분에 한쪽 팔을 잃어버릴지도 모를 상황에서 내 팔은 건재할 수 있었다.

목숨을 잃을지도 모르는 위험을 무릅쓰고 어릴 때부터 우리는 '오징어 게임'을 즐기며 커 왔던 것이다. 의미도 모르고 놀았던 일들이 커 가면서 내 생에 영향을 미친다.

인생에서 한 번도 져 본 적이 없고 돈이 너무 많아 사는 게 재미없어진 '오일남'이 456억을 걸고 게임을 벌인다. 그도 최고 승자가 되지 못했다는 메시지를 「오징어 게임」에서 보여 준다. 어릴 때부터 땅따먹기하면서 한 뼘이라도 더 따기 위해 끙끙 애를 쓰며 상대를 이겨도 게임이 끝나면 잔뜩 따 놓은 땅의 빗금을 발로 쓱쓱 지우고 집으로 돌아와야 했다.

오징어 게임은 동심이 들어간 순수하면서도 간단한 게임이지만, 지면 죽는다. 삶의 어느 날처럼 운발, 꼼수, 속임수, 완력 같은 것들이 생존에 크게 작용하는 한국사회의 현실을 말해 준다. 공정한 듯하지만, 공정할 수 없고 게임에 임하는 사람이 전략을 잘 짜면 함께 살 수도 있다. 욕심이 눈앞을 가려 상대를 죽여야 내가 부자가 되는 게임에 혈안이 되어 있다. '불공평한 공평함' 앞에 인생의 가장 중요한 선택은 본인이 한다는 것이다. 인생의 쓴맛, 단맛을 다 겪고 부를 거머쥐었지만, 결국은 물질에 만족할 수 없는 오일남은 재미없어진 삶의 마지막 희열을 느끼기 위해 사람 목숨을 담보로 자기 재산을 털어 게임을 시작하고 있지 않은가.

우리는 알게 모르게 사회의 분위기에 '가스라이팅' 당하며 살아가고 그 분위기에 사람이 알고 실천해야 할 '이치'를 잃어 가는 것 같다.

쓸데없는 게임을 하면서 아귀다툼하듯 사는 사람들에게 결과 중심으로 살아갈지, 과정 중심으로 살아갈지 「오징어 게임」은 많은 생각을 하게 한다.

다이아몬드는
영원한 사랑

『에브리맨』을 읽기 위해 도서관에서 대출했는데, 재미가 없어서 책장을 넘길 수가 없었다. 내용을 이해하려고 유튜브를 찾아 듣고 사전까지 찾아보았다. 서평을 하는 데 왜 이 책을 선정했는지, 책 읽는 무력감을 느꼈다. 그래도 '입에 쓴 것이 약이 된다.'라고 재미 없는 비문학에 인삼의 쓴맛처럼 고결한 깨달음을 느낄 한 문장을 찾아보자. 마음을 다잡고 다시 책을 들었다. 서너 페이지 읽고 덮 기를 반복하다가 이젠 책을 펼치려고 하면 손가락이 거부한다. 목 차라도 읽고 줄거리라도 잡아 보려 했지만 목차도 없고, 기승전결 도 꼼꼼히 읽지 않으면 이해하기 힘든 소설이다. 음식을 먹을 때도 후루룩 맛을 느끼는 '죽'이 있는가 하면 꼭꼭 씹어야 고소함을 느낄 수 있는 '통곡물'이 있다. 이 소설은 통곡물 같다. 꼭꼭 씹어야 하는데, 이빨이 시원찮아서가 아니라 입술부터 안 벌어져 『에브리맨』 소설 읽기를 마음부터 거부하는 것이다.

책을 읽다 보면 처음부터 버터 냄새가 나서 속이 메슥거리는 글이 있다. 이 소설은 밋밋한 첫 도배지 '초지'를 혓바닥으로 핥는 느낌이 들어 읽기가 싫어진다. 『에브리맨』은 평범함이 아닌 '잡초' 같다고 우겨대며 화려한 겉 벽지에 숨어 있는 내면에 있는 참맛을 찾기 위해 초지를 정성 들여 읽기가 싫어진다. 그래도 토론을 위해 쓴 한약 음미하듯 책을 다시 집어 들었다. 『에브리맨』 책에서 의미 있는 한 문장을 찾기 위해 눈을 크게 뜬다. 한식에 맛 들인 입에 양식을 구겨 넣는 격으로 책장을 넘기니 속이 또 메스거린다. 두리안이나 홍어를 처음 먹어 보는 느낌이랄까. 고리타분한 냄새를 견디며 두리안을 입에 물고 두엄같이 시큼한 맛을 느껴 보자. 톡 쏘는 삭은 홍어 맛을 음미하듯 씹으며 나의 과거라도 떠올릴 문장을 찾아보자. 책 읽는 맛을 느끼려고 엉성한 그물로 초벌을 훑어 내듯 읽었다.

토론할 때 다른 사람이 논제를 발췌해 놓은 '다이아몬드'에 대한 이야기에서 실마리를 풀었다. 그래, 이 맛에 맛없는 책을 다시 읽는 거야. 읽기 싫은 초배지에 다이아몬드 같은 문장이 액세서리처럼 박혀 있었다.

『에브리맨』 주인공 아버지가 '에브리맨 보석상'이라는 상호를 걸고 운영한다. 보석상 주인은 유대인으로 사람들 마음을 들었다 놨다 해 가며 탁월한 상술로 영업한다.

"기독교인에게 이질감을 느끼지 않도록 물건값 30~40%만 내면 외상을 주고 외상을 갚았는지 절대 확인하지 않았다." 천재의 솜씨라고 부를 수 있는 대목은 이 사업체를 자기 이름이 아닌 '에브리맨 보석상'이라고 부른 것이다. 다이아몬드를 노동일 하는 와이프가 끼고 다녀도 좋은지에 대해 이야기하며 다이아몬드를 끼고 다니는 노동자는 대단한 신분 상승이라는 말을 하며 다이아몬드가 노동자 부인의 손가락에서도 빛나기를 바란다며 다이아몬드를 파는 상술을 부린다.

'다이아몬드란 변하지 않은 사랑'인가 생각해 보았다.

삼십구 세에 돌아가신 바로 위의 언니가 애지중지 아끼던 큰 다이아몬드 반지를 내가 보관하게 되었다. 나는 남편이 외국 여행 갔다가 선물로 사 온 보석을 쓰레기통에 던져 버렸을 정도로 액세서리에 관심이 없다.

언니는 하루가 다르게 건강이 나빠졌다. 공기 좋은 곳에서 전원생활 하고 싶다고 노래를 불렀지만 딸의 학교 문제로 실천을 못 했다. 높은 경쟁을 뚫고 추첨으로 사립학교에 들어간 딸을 시골 학교로 전학시킬 수 없다고 사경을 헤매면서도 딸 걱정만 했다.

엄마 잃은 초등학교 삼 학년 조카를 우리 집에서 키우려고 안양으로 데려왔다. 조카는 서울 남산 아래 있는 '리라초등학교'까지 통학을 했다. 자기 죽음보다 딸을 더 걱정했던 언니의 마음을 지켜 주고 싶었다. 힘들어도 언니의 유언처럼 조카를 리라초등학교를 졸업시키고 싶었다. 먼 거리를 차와 전철을 갈아타고 다녀야 하는 어린 조카도 고생, 장사해 가며 새벽밥 해 주고 전철역까지 태워다 주는 나도 고생이 심했다.

'유명한 사립학교가 뭐라고…….'

보관하고 있던 언니의 다이아몬드를 조카가 대학생이 되어 유학을 간다고 할 때 주려고 했다.

"외국에서 돈 필요할지 모르니 다이아몬드 반지 가져가라."

"이모, 조금 더 맡아 주세요. 제가 필요할 때 달라고 할게요."

조카의 마음을 읽은 나는 소중하게 언니의 유품과 함께 밀봉해서 보관하고 있었다.

서른 중반이 된 조카가 결혼을 앞두고 엄마 다이아몬드 반지를 리셋해서 결혼반지로 끼고 싶다고 반지를 찾으러 왔다. 이십여 년 만에 언니의 유품과 함께 다이아몬드를 조카에게 주고 나니 내 역할은 제대로 한 것 같다. 아마도 '금'이었다면 조카가 쉽게 팔았을지 모른다. 언니의 다이아몬드 반지는 부부끼리의 영원한 사랑의 증표가 아니었다. 일찍 세상을 떠난 언니가 인간으로 태어나 딸을 남기고 갔다는 커다란 유품이었다.

다이아몬드를 허례허식으로 받아들이는 사람도 있지만 언니의
다이아몬드는 딸에게 향하는 '영원한 사랑'이란 의미를 가진 보석
이다. 언니의 다이아몬드는 어린 나이에 엄마를 잃은 딸에게 '엄마
의 변하지 않은 사랑'이 담긴 특별한 증표였다.

의미 있는 삶을 살기 위해 독서토론을 하고 서평 쓰기 시작했다.
동인들이 추천한 비문학도 읽어야 한다. 어떤 책은 숫자가 너무 많
아서 경제정책 보고서나 수학 풀이 책인가 싶을 정도다. 고기 뼈를
사이사이 발라 먹듯 눈이 휘둥그레지는 맛있는 문장을 만나면 슬
며시 미소가 지어진다. 비문학은 조미료를 발라 놓은 것처럼 느글
거리고 맛은 없지만 계륵처럼 붙어 있는 알곡 같은 한 문장을 발견
하기 위해 책을 집어 든다. 책에 빠져 지식의 바다에 허우적거리며
탄력 있게 살아가는 재미가 쏠쏠하다.

다음 생에
선(善)역을 하세요

"내가 대학생이 되었다는 것을 알면 큰오빠가 얼마나 배가 아플까?"

대학 합격 후 내일 죽어도 여한이 없다는 생각에서 했던 말이다. 아니 급성장하게 된 나를 시샘하는 사람 모두에게 그 생각으로 치부하기로 마음을 정리했다. 코드가 안 맞는 사람은 절교를 하더라도 어떠한 경우에도 시샘 부리는 사람들에게 상처받지 않기로 했다.

내 인생 방향을 바꾸게 한 큰오빠가 칠십육 세로 돌아가셨다. 내가 사십 살 늦깎이로 대학 입학한 후에 느꼈다. 재물 욕심에 자기 할 일을 마음대로 못 해 본 불쌍한 오빠라는 생각이다.

장례식장에서 큰오빠의 처가 가족들과 오십 년 만에 만났다. 초등학생 때부터 우리 형제들은 큰오빠에게 매 맞고 자랐고, 버림받았다. 서울서 내려간 우리는 외모에서 풍기는 분위기가 큰오빠의 처갓집 식구들과 비교가 되었다. 우리 부모의 재산으로 큰오빠의 응원을 받고 자란 처가댁 식솔들은 촌뜨기였다. 아무리 물질을 퍼부어도 자기 색의 운명이 있나 보다. 시골 특유의 추레한 분위기가 몸에 짙게 저며 있다. 그 긴 세월 서울에서 잘 버티고만 살아도 성공인 것이다. 시골에서 살아온 사람과는 비교 불가다. 어릴 때 내팽개쳐진 바리데기 동생들은 자기 몫을 당당히 해냈다는 의연한 자세다. 잡초처럼 귀찮은 존재로 여기며 큰오빠는 동생들에게 악담을 했는데, 우리에게는 인생을 살아가는 명약으로 작용했다. 산전수전 겪고 한 수 위의 탁월한 시선으로 큰오빠를 보니 '하찮은 인간이 헛폼 잡으며 살다가 떠났구나!' 그의 인생이 악역을 맡은 희극 배우 같았다.

먼 기억을 떠올려 보면 초등학생인 나를 때리면서 큰오빠가 하던 말이 평생 귓가에 피떡처럼 붙어 있다.

"네가 공부 잘하는 것은 아는데, 장학생이어도 너는 학교 안 보낸다. 나보다 더 배운 형제가 있으면 난 배 아파서 못 산다."

그때 하지 못한 공부가 사무쳐서 지금까지 평생을 공부하고 있다.

40, 50대에 형제들이 다섯 명이나 돌아가셨다. 형제들 중 큰오빠가 가장 장수한 셈이다. 중학교 다닐 때까지 큰오빠에게 주기적으로 심하게 맞고 자랐다. 큰오빠는 어린 동생들을 서울에 데리고 올라와서 방 한 칸 안 얻어 주고 귀찮은 걸림돌 떼듯 우리를 버리고 고향으로 가 버렸다.

내가 결혼 후 큰오빠는 남편과 우리 아이에게도 악담을 퍼부었다. 대판 싸우고 왕래를 끊은 지 이십 년이 넘었다. 돌아가셨다는 부고를 받고도 아무 느낌도 없었다.

'힌남노 태풍'이 오고 있어서 초등학교, 유치원에 휴교령이 내려졌다. '어르신센터'에서도 휴강하라는 문자를 밤늦게 받았다. 평소에는 큰오빠가 죽어도 장례식장에 안 가려고 했는데, 내 마음이 편하고 싶어서 다녀와야 했다. 광주에 있는 장례식장에 가려고 교통편을 알아봤다. 태풍 때문에 기차도 운행이 어려울 것 같아 서둘러 인터넷으로 고속버스를 예매했다. 큰오빠에 대한 좋은 기억은 없지만 복잡한 생각이 든다. 혈육도 마음 써 주고 보살펴야 정이 느껴진다. 이웃집 개가 죽은 것보다 아무 느낌이 없다.

큰오빠는 새벽에 뇌 기능 마비가 와서 급하게 병원에 이송되었다. 의사인 아들이 응급조치를 잘했어도 명이 다한 것은 어쩔 수 없었나 보다. 큰오빠는 건강 챙긴다고 날마다 운동을 열심히 했다고 한다. 덕분에 병으로 누워서 안 죽은 것이 감사하다는 생각이다. 요양원에 들어가서 링거 꽂았으면 환자도 고통, 가족도 고통이었을 것이다.

내 연금을 연장할까 고민하고 있었는데, 쓰지도 못하고 죽을 것 같아서 그대로 받기로 했다. 큰오빠의 죽음으로 나도 명이 짧을 거라는 생각에 퍼뜩 정신이 든다.

가산디지털역에서 7호선 전철을 갈아타고 서울고속터미널에 도착했다. 3번 출구로 나왔다. 터미널 건물은 옛날 그대로인데 주위가 확 바뀌었다. 건물 외벽에 붙은 안내를 따라 들어갔다. 버스 타는 곳까지 나가서 기사님께 광주 가는 버스를 어디서 타냐고 물었다. 건물 밖으로 나가서 반대편 건물로 들어가라고 한다. 삼십여 년 만에 고속버스를 타려니 우왕좌왕할 만했다.

20대 초반에 광주에서 고속버스로 서울로 오게 되었다. 조카들까지 일행이 열두 명 정도였다. 버스에 앉아 있던 막내 남동생이 급하게 화장실에 갔다. 버스는 떠나려는데 감감무소식이다. 버스는 시동을 걸고 부릉부릉한다. 안내양에게 가족이 한 사람이 안 왔다고 했다. 십 분쯤 기다려도 안 오자 차가 출발해야 한다고 안내양이 발을 동동 구른다.

"안 오신 분, 뒤차로 오라고 하세요. 출발이 너무 지체되면 안 돼요."
"우리는 동생과 함께 가야 해서요. 우리도 버스에서 내리고 뒤차로 갈게요."
"그럼 가족분은 내리세요."
우리가 버스에서 일어서자, 차 안이 반이 비었다.
"전부 가족이세요?"
"네."
"그럼 다시 앉으세요. 기다렸다 갈게요."
"우하하!"

고속버스를 우리 가족이 전세 낸 듯했다. 버스 안의 승객들도 웃으며 기다려 주었다.

사십여 년 안에 고속버스를 타 보니 형제들과 웃고 지내던 생각이 난다.

고속버스 차창 밖으로 보이는 날씨는 태풍은커녕 평온하다. 태풍이 부산에서 일본으로 빠졌다는 뉴스다. 큰오빠는 성격대로 살다 가더니 날씨 사나운 날 죽고, 강한 태풍이 사자를 데리고 갔나 보다.

결혼하고 처음에는 큰오빠 집에도 오고 갔다. 사람 사는 맛 나는 아름다운 시절도 있었다. 사람은 호적에 함께 올라 있다고 형제가 아니다. 부모의 재산을 다 가졌으면 동생들을 챙겨 주고 보살펴 주는 게 오빠의 역할이 아닌가. 한국전쟁 이전에 태어난 큰오빠는 유교 사상을 권력처럼 누리며 장남의 횡포를 부렸다. 사람이 제 역할을 못 하면 죽을 때 외롭게 간다. 큰오빠를 눈에 담으려고 영정사진을 자세히 봐도 '마음에 없어서 잘 안 보이는 것인지' 안개로 가려진 것처럼 뿌옇게 보인다.

큰오빠 영정 앞에 내 자서전적인 책 『탁월한 선택』을 놓았다. 나를 학대한 덕분에 맘껏 공부할 수 있었고 잘 살아왔다고 말했다.

"다음 생에는 오빠도 악역 맡지 말고 부모 잘 만나서 하고 싶은 일 하다 가세요."

사십에 대학교 입학해서 내일 죽어도 여한이 없을 만큼 공부하며 살고 있다. 내 인생을 어떻게 살아갈지 공부하면서 배우고, 다른 사람 삶을 보며 터득했다. 내 인생의 역사에서 인연을 지워 버리고 싶은 큰오빠는 아무 잘못이 없다는 표정이다. 내가 큰오빠처럼 악역을 맡지 않고 살아온 것을 행운으로 생각한다.

'당신이 내팽개친 동생들이 당신보다 더 잘 살았지?'

아무래도 난
병원 스타일이 아니다

폐암을 확인하는 절차가 참 복잡하다. 남편이 처음 동네 의원에 폐 CT 찍고 폐암이 의심된다는 의사의 말에 따라 검사를 하는 기간이 석 달이 되어 간다. 이 주일 후에 조직 검사 결과가 날 것 같다. 처음 동네 의원에서 폐암 소견을 듣고 더 큰 병원에서 폐 CT 결과 폐암이 의심된다고 대학병원으로 가 보라고 했다.

폐암이라면 치료 과정이 복잡하고 위험해서 명의를 찾아가야겠다는 생각에 서울대병원과 강남 삼성병원에 연락해 보았다. 두 병원 다 아직 폐암이 결정된 것이 아니어서 명의(名醫)는 바로 예약이 안 된다고 했다. 예약이 빠른 S병원 호흡기 내분과 의사 선생님께 배정받아 검사를 하고 있다. 암 진단 내리기까지 과정이 복잡하다. 무슨 검사를 그렇게 많이 하는지 이해가 안 된다. 폐암으로 추정되어 하는 검사라면 검사 과정 전부 의료보험이 되어야 하는 거 아닌가? 의료보험이 안 되는 것도 있다면서 검사를 지나치게 많이 하는 것 같다. 암 판정 확정된 것도 아닌데 암 전이 검사를 왜 미리 하는지 이해가 안 된다. 이박 삼일 입원 후 복잡한 과정을 거치며 폐암 검사를 해야 하는데, 환자, 보호자가 PCR 검사를 하루 전에 꼭 하고 와야 입원할 수 있다고 했다.

오후 4시 이십 분에 핵의학 검사를 한 시간 했다. 폐암이 뇌로 전이되었는지 알아보는 MRI 촬영이라고 했다. 이박 삼일 검사해야 하는데 가족이 한 명 동반해야 한다고 해서 입원 준비를 하고 병원에 함께 왔다. 핵의학 검사실은 따로 있었다. 남편이 검사 끝나기를 기다리며 한 시간 동안 딱딱한 의자에 앉아 있는데, 허리가 뒤틀리고 몸살이 날 것 같다. 핵의학 검사 후 오후 5시에 입원했다. 남편과 나에게 입원실을 출입할 출입증을 손목에 채워 준다. 저녁 식사를 하고 나니 검사 일정을 말해 준다. '내일 종일 검사하려나 보다.' 했다. 그런데 저녁밥 먹고 좀 있으니 검사를 시작한다. 부신 검사 후 복부 CT 찍고 밤 2시 검사하고 새벽 4시에도 검사하라고 부른다. 아직은 두 다리가 성성한데, 들것이 와서 싣고 간다. 어떤 환자는 대접받아 좋다고 한다. 그 모습이 앞으로 당신에게 닥칠 현실을 예행연습하는 것이다.

남편은 저녁 식사만 하고 검사 때문에 계속 금식이다. 가족 식사는 주문하면 병원 식당에서 가져다준다는데 만 오천 원이라고 한다. 식단은 환자식과 같은데, 맛도 없고 양도 적어서 먹을 것도 없는데 너무 비싸다는 생각이 든다. 병실이 구 층이라 창가 쪽을 가보았다. 일원동 거리가 시원하게 내려다보였다.

"와! 전망 좋다."
"저 아래 한 블록 너머에 먹자골목 있어요."
"네. 감사합니다."

'내일 먹자골목 가 봐야지.'
늦은 점심을 많이 먹어서인지 배는 안 고프다. 계란을 쪄서 몇 개 담아 왔더니 요긴하게 요기를 했다. 참외를 세 군데 나눠 주고 찐 계란과 참외를 간식으로 먹었다.

찐 계란을 보니 20대 초반, 기차 안에서 먹었던 계란 생각이 났다. 고향인 나주에서 서울로 올라오는 완행열차 안이었다. 옆에 앉은 군인 아저씨가 열차 안에서 지나가는 '홍익회'를 부르더니 찐 계란과 콜라를 사서 나에게 줬다. 꼬깃꼬깃 접은 쪽지까지 받아서 주머니에 넣었다. 열 시간 가까이 옆자리에 앉아 기차를 타고 왔는데, 무슨 대화를 했는지는 기억에 없다. 계란을 먹은 뒤로 그 쪽지에 뭐가 써 있을까 계속 궁금했다.
서울에 도착해서 집으로 왔다. 짐을 내려놓고 화장실을 갔다. 주

공부야, 놀자!

머니에서 꼬깃꼬깃 접힌 쪽지를 조심조심 열어 보았다.

'주소가 쓰여 있을까?'

살짝 열어 본 쪽지에 '한주소금'이 뒹굴고 있었다. 군인 아저씨가 나를 속인 것 같아 갑자기 배신감이 밀려왔다. 기차에서 무슨 말을 나눴더라? 머릿속이 하얘졌다.

먼 기억을 삼키며 잠든 남편을 보고 웃었다. 남편이 ROTC 내무반에 있을 때, 친구소개로 만났다. 인연은 아무하고나 되는 게 아닌가 보다. 먼 기억 속의 내가 해맑게 웃고 있다.

이튿날 가슴 CT 촬영을 했다. 또 오후 2시쯤 복강경으로 폐 조직 검사를 한 시간쯤 했다. 남편을 태우고 온 사람에게 물었다.

"검사가 끝났어요?"

"아뇨 기흉이 있나 두 시간 후에 검사해야 해요."

"기흉이 뭔가요?"

"폐 세포 떼어 낸 곳에 공기가 들어갔나 보는 거예요."

"그럼 보호자는 뭐 해야 하나요?"

"마취가 덜 깬 상태에서 화장실 가다 넘어질 수 있으니 부축해 주세요."

평소에 두 시간씩 걷고 체력 관리를 잘해서인지 남편은 멀쩡했다. 웬만큼 건강하지 않고는 검사하다 죽게 생겼다. 6인실 병원 간이침대에서 밤새 코 고는 소리, 드르륵거리는 환자들 치료하는 기계 소리에 쪽잠을 자다 말다 했더니 내가 더 환자가 되었다. 머리가 깨질 듯 아프다. 12시쯤 유리창 너머로 봐 둔 '먹자골목'을 향해 병원 뒤로 내려갔다. 큰길 건너, 이면 도로로 한 블록 들어가니 길바닥에 '먹자골목'이라고 쓰여 있다. 먹자골목치고는 다양한 먹거리가 없었다. 맨 끝까지 걸어갔더니 비빔밥집이 있다. 팔천 원짜리 비빔밥을 시켜 먹었다. 음식이 참 정갈하고 맛있다. 김치, 깍두기 국물까지 싹 비웠다.

'어제부터 하루를 굶었으니 뭔들 맛이 없을까? 덕분에 간헐적 다이어트까지 잘했네.'

밥을 먹고 왔는데, 갑자기 머리가 더 아프다. 어젯밤에 잠을 설친 데다 진땀 흘리고 씻지도 못해서 꼴이 말이 아니고 불편하다. 남편의 상태로 보아 집에 가도 될 것 같다. 남편이 저녁 먹는 것 보고 집에 가겠다고 했다.

"함께 가야지 왜 먼저 가?"

"내가 더 환자같이 아파요. 아무튼 당신 저녁 먹는 것 보고 집에 갈게요."

'내가 암이라고 할 때 그렇게 아프다고 해도 걱정 한마디 없더니만······. 간병인이 꼭 없어도 되겠구먼, 일하는 사람 일도 못 하게 하고 자기 생각만 하고 있네.'

집에 도착해서 머리를 감고 나니 언제 아팠는가 싶게 머리가 개운하다.

　'아프지 말고 건강하게 살다 죽게 해 달라.'라고 기도를 했다. 아무래도 나는 병원 스타일이 아닌 듯하다.

성실한 생활은
화려한 경력을
뛰어넘는다

어제 배가 아프더니 설사가 났다.

비가 오락가락해서 이런 날은 마음도 꿀꿀하고 출출하여 부침개가 먹고 싶었다. 감자, 양파, 노란 호박을 우유를 넣고 갈아 넣었다. 부추도 썰어 넣고 냉장고에 있던 묵은 김치도 헹궈서 썰어 넣고 계란을 으깨어서 반죽을 하고 부침개를 만들었다. 집에서 정성들여 만든 음식이라 사 먹는 것보다 맛있다. 늘 시간에 쫓기는 나는 쉽게 할 수 있고 영양가도 많은 부침개를 잘 만들어 먹는다. 이웃집에도 나누어 주면 특식 먹는 것처럼 잘 먹었다고 한다. 비 오는 날은 기름진 음식이 당기는지 마음먹고 앉아서 시원한 우유를 가져다 놓고 허리띠 풀고 실컷 먹었다. 너무 먹은 게 배탈이 난 모양이다. 화장실을 들락거리다 보니 아들이 고등학교 삼 학년 때 배탈 나서 고생했던 생각이 났다.

아들이 고등학교 삼 학년 여름 설사가 나서 하루 종일 수업을 못하고 다섯 번을 학교에 태워다 준 일이 있다. 오전부터 아들이 설사가 나서 옷 갈아입으러 집으로 왔다. 옷을 갈아입으면 학교를 태워다 주었다. 한 시간 정도 지나 아들이 또 설사했다고 왔다. 옷을 갈아입히고 또 학교에 데려다주었다. 그렇게 아들은 다섯 번 정도 학교와 집을 왔다 갔다 했다. 오후 3시쯤 학교에 데리고 가니, 예쁘고 세련된 양호 선생님이 말했다.

"한 시간이면 수업이 끝나요. 교실에 못 들어가니 그냥 집에서 쉬라고 하지요?"
"양호실에 누워 있으면 조퇴가 아니지요?"

별것 아닐 것으로 생각했는데, 배탈이 심해지니 정신을 차릴 수가 없었다. 아들은 그때 아픔과 고통을 얼마나 참았을지 지금 생각하니 참 미안하다. 학교 조퇴가 뭐라고. 배 아픈 아들을 잡으려 했는지 참 미안하다. 학교 성적은 부모 욕심대로 할 수 없어도 아들에게 성실함을 심어 주고 싶었다. 성실하게 살면 앞가림은 하고 살 것 같아서 초등학교부터 결석은 한 번도 안 시켰다. 더더구나 고등학교 때는 대학 가려면 내신 성적이 중요한데, 결석을 하면 안 될 것 같았다. 부모의 소원 때문인지, 성인이 되어서도 아들은 성실하게 자기 앞가림 잘하고 산다. 사람들은 장사하면서 아이를 바르게 잘 키웠다고 한다. 자식의 일에 어디까지 관여를 해야 할지 부모는 죽을 때까지 고민이다.

초등학교 때 친구들과 놀이를 하다가 돌멩이로 학교 유리창을 깼다고 불려 간 적이 있다. 나는 고민이 되어 컴퓨터학원 원장님, 보습학원 원장님을 찾아가서 물었다. 아이를 어디까지 부모로서 역할을 해 줘야 할지 고민이라고 했다.

"남자아이가 초등학교 때 말썽 안 부리고 학교를 다니는 것이 더 이상한 것입니다. 걱정 마세요. 어머니!"
"유리창도 작은 거 깨졌던데, 여자 선생님이 너무 야단을 치셔서 걱정이 많았어요."
"남자들은 그렇게 자라는 거예요. 여자 선생님이라 그런가 보네요."

아들은 2kg으로 태어났다. 무게가 미달되어 미숙아인가 걱정했는데, 의사 선생님이 무게만 미달이지 정상이니, 인큐베이터에 안 키워도 되겠다고 하시면서 걱정 말고 잘 키우라고 하셨다.
두 돌 정도 되었을 때 갑자기 아이가 열이 오르고 휴일이라 어쩔 줄 모르고 절절매고 있었다. 급해서 이 병원, 저 병원 다니다가 보건소로 뛰어갔다. 당직하던 사람이 휴일이라 의사가 없다고 해서 이렇게 아들을 잃는 게 아닌가, 하고 하늘을 보며 울었던 기억이 난

공부야, 놀자!

다. 무게가 미달이라 그런지 탈장이 있었다. 너무 어려서 수술을 할 수 없다고 해서 기저귀로 탈장이 안 되게 묶어 주면서 고통스럽게 자랐다. 세 살쯤 되어 탈장 수술을 한 뒤로 큰 탈 없이 잘 자랐다.

아이가 세 살쯤 되니 턱이 앞으로 튀어나오는 것 같았다. 치과에 갔다. 비싼 검사를 실컷 하더니, 아직 하악이 안 자랐으니 더 두고 보자고 했다. 이를 다 갈고 초등학교 삼, 사 학년쯤 교정을 해야 하는데, 경험이 없으니, 이 치과, 저 치과 다니면서 검사비만 들었던 것이다.

초등학교 삼 학년부터 교정을 했는데, 교정비용도 참 비쌌다. 교정기를 끼던 아이가 학교에 가서는 교정기를 안 끼우고 주머니에 넣고 다니다가 몇 번을 잃어버리기도 했다. 왜 교정기를 안 끼냐고 했더니, 선생님이 너는 발음이 왜 이상하냐고 해서 교정기를 뺐다고 한다. 지금이야 이에 연결해서 교정을 해 주는데, 그때는 아래턱이 못 자라도록 빨간 교정기를 입 안에 끼고 다녔으니, 한참 뛰고 놀아야 할 아이가 답답함을 어떻게 참았겠는가.

그 후로 서울 대치동까지 유명하다는 치과에 다니면서 교정을 했다. 이 교정은 되었지만, 턱은 수술을 해야만 했다. 아들이 턱 수술은 안 하겠다고 했다. 이 교정을 초등 삼 학년 때 시작해서 군대 다녀와서도 했으니 얼마나 긴 시간을 이 때문에 고생을 했는지 모른다.

그 후 직장을 다니다가 사장으로부터 심하게 의견충돌을 하고 턱 나온 것에 대해 놀림을 받았던지, 직장을 그만두고 서른이 넘어서 턱 교정 수술을 하게 되었다. 대학병원에서 열한 시간 수술을 하는데, 아빠는 아침부터 번호만 깜박이는 보호자석에서 기다리고 있었다. 나는 학교 강의 때문에 병원에 있는 남편에게 전화로만 상황을 전해 들었다. 수업이 끝나고 병원에 갔더니 저녁 7시인데도 수술이 안 끝났다. 열한 시간 정도 수술을 하고 아들이 실려 나왔다. 얼굴은 피투성이에 아무 움직임이 없으니 겁이 덜컥 나서 실려 나오는 아들을 흔들었더니, 얼굴을 찡그렸다.

휴! 살았구나!

턱 수술이 잘되고 못 되고를 떠나 살아서 나온 것이 다행이었다. 양악수술은 목숨 걸고 하라던 말이 이해가 되었다. 양악수술 하지 말라고 도시락 싸 들고 말리고 싶었다. 수술 후에는 침을 흘려도 입에 감각이 없다고 했다. 삼 년 정도를 병원에 계속 다니면서 치료를 했다. 점점 멋있어지고 정상으로 돌아오니, 수술 하기를 잘했다는 생각이 들었다. 몇천만 원 들어도 목숨 걸고 양악수술 하는 사람의 심정이 이해되었다.

"부지런한 범재가 게으른 천재보다 낫다."는 속담과, "성실이 없는 지식은 위험하고 두려운 것이다."는 사무엘 존슨의 말을 실천하듯, 아들은 공부도 열심히 하고 어떤 일을 만나도 성실하고 인내심 있게 잘한다. 학교 다닐 때 결석 안 시키고 성실한 생활력을 길러준 보람을 지켜보는 마음이 든든하다.

제4장

할수록 재미가 느는, 공부야 놀자

덤불이 커야
도깨비가 나온다

도서관 직원의 전화를 받았다.

"시립도서관입니다. 작은 도서관 담당자 전화를 받았어요. 도서관에서 빌려 가신 책이 비에 젖어서 말려 보겠다고 하는데요. 비닐까지 쌌는데도 비가 너무 와서 젖었대요. 빌린 분만의 잘못도 아니고 이번 폭우에 피해가 첨이라 천재지변으로 처리하기도 그렇고요."

"이번에 백십오 년 만의 역대급 물 폭탄을 맞았는데, 비닐로 책을 싸도 멀쩡하기가 힘들죠. 도서관 입구에 넣고는 저도 걱정 많이 했거든요. 일단 제 잘못이에요. 제가 변상할게요. 어떻게 하면 되나요?"

"빌려 가신 분만의 잘못도 아닌데요."

"도서관 잘 이용하고 있어서 감사한데요. 책 기증하는 사람도 있는데, 제가 변상해야지요."

"그러실래요? 그럼 구입해서 도서관으로 보내셔도 됩니다."

급하게 인터넷 서점을 클릭해서 도서 구입을 신청했다. 빨리 반납해야 다른 책을 빌려 볼 수도 있다. 이튿날 책이 도착했다. 동네 작은 도서관에 새 책을 반납하고 물에 흠뻑 젖어 세 배로 불은 물먹은 하마 같은 똥보 책을 들고 왔다. 글쓰기에 대한 책이라 꼼꼼하게 더 읽으려고 다음에 한 번 더 빌려 보리라 마음먹었던 책이다.

책을 읽을 때 책장을 휙휙 못 넘기고 손가락에 침을 발라 조물거리면서 메모도 했더니 책 속에 내 영혼도 저며 들었나 보다. 책도 나와 인연이 되어 내 곁에 머물고 싶었는지 결국 내 책이 되었다.

물이 뚝뚝 떨어지도록 불은 몸으로 책이 내게 말했다. "알곡만 쏙 빼먹고 팽개치듯 했으니까 책임져!" 물에 불어 엉망진창이 된 책이 자꾸만 나를 흘겨보는 것 같아 수건으로 책을 감싸 물기를 뺐다. 책장을 넘기니 젖어서 엔간히 조심하지 않으면 찢어진다. 책장을 넘기다 찢어진 부분도 있었다. 책갈피에 휴지를 한 장씩 포개 넣고 신문도 크기에 맞춰서 잘라서 맞춰 끼워 넣었다.

한나절 지나 책을 펼쳐 보니, 책갈피에 휴지, 신문지를 넣은 부분은 보송보송 살아났다. 책이 다 마르면 전쟁을 치르고 온 모양이라도 재건의 기쁨을 기념으로 보관해야겠다. 글쓰기가 어렵다고 느껴질 때마다 '배고픈 사람 자린고비 쳐다보듯' 가까이에 두고

두고 정신적 지주로 삼을 것이다. 책이 훼손되면 왜 그렇게 아까운지, 책은 저자의 혼이 담긴 글이라 값으로 따질 수 없는 영혼의 무게가 있다.

도서관 가서 책을 자주 빌려다 보았다. 그동안 내가 필요한 책을 구입해서 읽었는데 읽고 나면 자리 차지하고 집이 복잡했다. 또 빌린 책은 반납 기간이 있어서 읽는 속도가 빨랐다. 중요한 부분은 발췌를 해서 노트에 기록한다. 책을 읽다가 중요 부분 빨간 펜으로 긋는데 빌려 온 책은 볼펜으로 표시를 할 수가 없어서 불편한 점은 있다. 그래도 책을 빌려다 보는 쪽이 여러 가지로 효율성이 높다.
책을 구입하기 전에 도서관에서 빌려 읽고 중요한 책은 구입해서 두고두고 본다. 이번 책도 살까, 말까 고민했는데, 결국은 비 때문에 젖은 책은 내 차지가 되어 훈장 노릇을 할 모양이다.

지난겨울 쉬는 날, 운동 삼아 책을 빌리기 위해 도서관을 향해 걸어가고 있었다. 핸드폰 지도로 길 안내를 눌렀더니 높은 지대로 올라가라고 하는데, 아무리 머리를 굴려도 어디쯤 위치하고 있는지 짐작이 안 간다. 근처에 사는 지인에게 전화를 했다.

"이 근처 시립도서관 가려는데 지도를 봐도 어디로 가라는지 잘 모르겠어요."
"그 도서관 언덕에 있어서 한참 올라가야 돼요. 뭐 하러 도서관까지 직접 가세요? 집 근처에 작은 도서관이 있으면 거기서 받아 볼 수 있게 인터넷으로 '상호대차' 신청하세요. 반납할 때도 작은 도서관에 하시면 돼요."

"정말요? 그런 방법이 있었나요? 고맙습니다."

전화기 속의 지인에게 고개 숙여 인사를 하고 집으로 왔다. 컴퓨터를 켜고 도서관을 로그인해서 '상호대차' 신청을 했다. 지금은 상호대차에 재미를 붙여 일주일에 다섯 번도 빌려 본다. 상호대차는 책 반납 기간 연장이 안 된다. 상호대차의 편리함으로 일주일이면 서너 권은 거뜬히 읽을 수 있다. 책을 좋아하는 나에게는 상호대차는 '신천지 발견'이었다.

출, 퇴근 때 도서관 근처를 지나가는 남편에게 수시로 책을 빌려 오게 하고 반납했는데, 이젠 남편에게 심부름 안 시켜도 되니 여러모로 편하다. 도서 상호대차는 우리 시 전체 도서관 책을 빌릴 수 있으니 빌려 볼 책도 많고 좋다. 책을 봉사활동으로 배달해 주는 분에게 감사드린다. "덤불이 커야 도깨비가 나온다."는 속담처럼 물먹은 책의 큰 덩치가 어떤 글을 쓰게 할지는 두고 볼 일이다.

국가에 내는 세금이 많다고 불만하지 않는다. 도서관 이용이나 시에서 운영하는 음악회, 강연 등, 공공시설 이용을 부지런히 참여하는 것도 내가 낸 세금을 잘 활용하는 방법이라는 생각에서다.

2

저작권이
뭐라고

내가 저작권법에 대해서 주의하라는 말을 처음 들었던 때는 대학원 다닐 때이다. 학과장을 하셨던 교수님이 논문 쓰면서 저작권법 위반으로 벌금을 몇천만 원을 물었다는 말을 전해 들었다. 이론적 배경을 쓸 때, 선행 논문이나 책에서 가져오는데, 몇 줄의 글이나 그림이 저작권법에 해당되는 경우가 많다.

학교에서 강의를 하고 있을 때였다. 같은 학교 교수인데도 학생에게 받아든 PPT 인쇄 자료를 본 교수님이 별것도 아닌 물결 그림 하나로 저작권 운운하며 강하게 따지고 드는 바람에 혼쭐을 난 적이 있어서 매사 조심한다.

공부야, 놀자!

강사들이 수강생들에게 저작권법 주의하라고 일러 주면 감사해야 한다. 교육 일선에 있는 강사들은 저작권법 주의사항을 수시로 들어도 잊을 뻔한 일을 각인하게 해 줘서 고맙게 생각하고 마음을 가다듬는다.

몇 년 전 '자기주도학습' 강의를 들을 때였다. 책도 자료도 없이 강의만 들었다. 강의 내용이 저장해서 두고두고 참고하고 싶을 만큼 중요했다. 아주 좋은 수업자료를 참고삼아 계속 공부해야 할 것 같았다. 맨 앞에 앉아서 PPT 자료화면을 계속 사진 찍었다. 수업 설명에 집중해야 하는데, 자료를 사진 찍느라 정신이 없고, 미처 카메라에 못 담고 놓치는 장면이 많았다.

쉬는 시간에 교수님께 찾아가서 자료 좀 달라고 부탁을 했다. 저작권법 때문에 자료 유포를 못 한다고 했다. 별것도 아닌 그림 하나를 문제 삼으면 강의료 몇십 배를 벌금으로 물어야 한다며 거절했다. 저작권법은 내가 책임지기로 하고 수업자료를 가져다 인쇄하고 바로 돌려준 적이 있다.

특히 예술 분야에 저작권 문제가 많다. 글이나 그림의 경우 작가가 고인이 되고 칠십 년이 지나면 저작권법에 안 걸린다. 급변하는 환경에서 새로운 지식에 대한 정보를 전해야 하는 의무가 강사에게 있다고 본다. 글, 그림을 강의하면서 순전히 내 자료만 가지고 강의를 하는 강사는 없을 것이다.

수업과정이 글은 필사를 하고, 그림 모사를 배워야 한다. 이 과정을 배제하고는 수업 진행이 어렵다. 아무리 총명한 사람도 듣고 돌아서면 잊어버리기 때문에 교재나 수업자료는 필요하다. 글, 그림의 경우 계속 다른 작가의 작품을 필사하거나 모사하면서 배워야 한다. 설명을 할 때도 다른 사람의 작품을 예로 들며 설명을 해야 한다. 강사가 직접 만든 자료만 가지고 강의를 하는 것은 어렵다. 수업하면서 수강생과 강사의 자료만 가지고 수업을 하려면 수강생들이 많은 작품을 제출해야 한다.

수업의 특성상 글이나 그림 작품을 미리 읽거나 감상하고 의견을 토론해야 한다. 나 역시 수업을 들으면서 작품을 받은 작가에게 저작권에 대해 유출하지 말라는 주의사항을 듣기 때문에 전달을 해야 하는 것이다.

강사가 저작권에 대해 주의사항을 전달했는데도 수강생이 유포했으면 수강생 잘못이 크다.

나이 많은 사람들이 재미 삼아 친구들에게 공부한 자료를 문자로 주거나 카톡에 올린 것이 저작권법 위반으로 곤욕을 치렀다는 강사 이야기를 많이 들었다. 그런 사건을 계기로 줌 수업을 꺼리고 강의를 접는 사람도 많다. 수강생은 자기가 수업한 부분의 자료는 본인만 참고용으로 관리를 하고 자료가 유출되지 않도록 책임을 져야 한다.

요즘은 어디서 수업하든 강사들이 저작권법을 강하게 어필한다. 온라인 시대를 접하며 겪는 시대적 흐름이라고 생각한다. 돈 벌기 힘든 세상에 파파라치가 정의사회를 위해 저작권법 위반 사례를 찾아 돈벌이에 나서며 새 직업군이 되었다.

코로나로 거리 제한을 법으로 규제하는데도 이웃의 옷 가게에서 나이 든 어른들이 일곱 명이 모여서 잡담하고 있다가 벌금을 십만 원씩 물게 되고 주인은 삼백만 원을 물었다고 한다. 옷 가게 주인과 벌금 문 사람들 모두 70대를 넘어선 사람들이다. 나이 든 사람들은 자기 생각처럼 세상이 움직여 줄 거라는 생각인지 그동안 누려왔던 것들이 법에 위배되는 일에도 감각이 둔하다.

시대의 흐름이 온라인으로 수업하는 세상이 되었다. 강의하는 사람들이 새로운 법을 수강생에게 인식시켜야 수업에 임하는 수강생도 편하다.

거리 제한으로 집에서 온라인으로 다양한 강의를 들을 수 있어서 호기심 많은 나에겐 천국이다. 도서관 수업이나 어떤 강의를 들을 때마다 '저작권법'에 대해서 수시로 고지하고 듣는다. "화면을 캡처해서 온라인에 올리면 초상권 침해도 된다."고 일일이 고지를 해야 할 의무가 강사에게 있다. 수강생들도 이해를 해야 온라인으로 진행되는 수업을 받아들이기 편할 것이다.

나도 수업을 들을 때마다 저작권법을 이야기하는 강사가 꼴 보기 싫어서 '별것도 아닌 자료를 가지고 뭘 잘 났다고 사람을 쥐 잡듯이 하네.' 속으로 그렇게 말했다. 하지만 나도 강의를 하기 때문에 많이 이해하려고 노력한다. 돈 주고 사는 자료를 파일을 받을 때도 저작권법에 대해 고지를 하는 글이 빨갛게 써 있다. 수강생들도 강의를 한번 해 본다면 이해를 할 것이다. 이것은 변화되어 가는 세상에 누구나 배우면서 지켜야 할 사항이라고 생각한다.

저작권법에 위배되어 벌금을 낸 사람들이 대부분 나이 든 사람들이라고 한다. 마음먹고 인터넷에 올린 게 아니라, 친구에게 수업한 내용을 재미 삼아 보낸 것이 돌고, 돌아 다른 사람이 인터넷에 유포해서 저작권에 문제가 발생하는 경우가 많다고 한다.

예술 쪽 분야의 수업은 그림, 글을 비교하며 수업을 할 수밖에 없다. 저작권법을 지켜야 하는 과도기에 수강생들도 한발 물러서서 필요한 책은 빌려 보거나 구입하고 저작권을 지켜 주었으면 한다.

인생을 그리는
재미

집중해서 그림을 그리다 보면 마음이 차분해지고 번뇌가 생성될 틈이 없어서 취미 삼아 그림 그리는 것을 즐긴다. 처음에는 연필화부터 시작했다. 수채화나 유화는 물감을 준비해야 하는 번거로움과 여기저기 물감을 묻히게 되는 일이 발생할까 봐 성가시게 생각되었다. 물감 그림 그리기는 공간, 시간을 따로 내야 해서 번거롭게 생각되었다. 수채화는 워터칼라라 부르며 맑고 투명해서 그러데이션 표현이 잘되고 학생들이 주로 미술 시간에 배우며 서양화의 색이 있는 그림에 가장 흔하게 사용되는 기법이다. 유화는 오일칼라라 부르며 물감을 그때그때 짜서 사용한다. 린시드나, 테라, 필, 오일 등을 섞어서 농도를 조절하며 가장 오래 보관할 수 있다.

그림 재료도 시대에 따라 변하는지 최근에는 칼라를 쉽게 넣을 수 있는 색연필화가 유행이다. 연필 모양의 색연필은 사물을 세밀하게 그릴 수 있고 다양한 색이 있어서 수채화 물감과는 또 다른 온화하고 부드러운 색감의 멋이 있다. 단점은 색칠 후 시간이 지나면서 색이 바랜다.

켄트지에 색연필로 매일 그림을 그리고 있었다. 지인의 말이 유화도 패널에 DIY 세트 번호대로 칠하면 멋있는 그림이 완성된다며 자신이 습작한 사진을 보여 주었다.

"우아! 화가가 그린 것 같이 멋있네요?"
"인내심만 있으면 누구나 그릴 수 있어요."

커다란 캠퍼스를 대하니 수능시험 공부할 때처럼 나 자신과의 인내심이 시작되었다. 바탕 그림 스케치할 필요 없이 번호대로 색칠만 하면 되니 쉬울 듯했다. 깨알 같은 번호를 찾아서 색을 칠한다는 게 참 힘들고 정신 소모가 많았다. 밑그림부터 그리는 것이 그러데이션 색상 조절도 더 빠르고 쉬울 듯하다. 자잘한 번호 찾아 색칠하는 게 눈도 피곤하고 신경이 쓰여 힘들고 지루해서 멈추고 싶었다.

꼬박 하루를 버텨가면서 새벽 3시까지 그리고 나니 뭔가 윤곽이 보였다. 한 번, 두 번 색칠해 나가다 보니 이자 불어나듯 그리는 게 점점 재미있다. 완성작에 대한 궁금증이 생겨서 붓을 놓을 수가 없고 마음이 급해진다.

첫 그림은 그리는 재미에 빠져 새벽 3시까지 그렸다. 팔과 손가락이 빠질 듯 아프다. 근육통 완화 크림을 바르고 또 붓을 든다. 하루 열다섯 시간 그림을 그렸더니 눈도 안 보이고 피곤해서 루테인과 피로 회복제를 먹어가면서 끈질기게 번호대로 색을 입혔다. 색칠이 안 된 번호들이 "빨리 나도 옷 입혀 줘!" 아우성치는 소리가 들리는 듯 마음은 더 바빠졌다.

'조금만 기다려! 얼른 색칠해서 예쁘게 만들어 줄게.'

오랫동안 그림 그리기에 몰입하니 눈도 침침하고 팔이 아파도 그림의 형체가 갖춰지는 재미에 빠져 또 붓을 든다.

아침마다 운동 삼아 한 시간씩 돌던 둘레 길도 멈추고 그림 그리기에 매달렸다. 나는 공부나 일을 급하게 몰아서 하는 버릇이 있다. 지금은 코로나 여파로 고객이 거의 없지만 자영업을 하는 사람은 언제 일이 바빠질지 모르니, 손님이 뜸한 짬을 이용하므로 뭐든 시작하면 마음이 급해진다.

천으로 된 캠퍼스에 그림 그릴 때 유의사항이 있다. 캔버스 바탕은 린넨으로 자잘한 격자무늬다. 수채화 바르듯 슥 칠하면 하얀 바탕이 구멍 난 것처럼 미세하게 보인다. 물감을 충분히 묻혀서 붓을 콕콕 찍듯이 색칠하면 바탕이 잘 메꿔진다. 옅은 색 물감은 여러 번 칠해서 번호도 지우고 그림 명암이 잘 드러나게 한다. 초벌은 색을 입혀 준다는 생각으로 밑그림대로 한 번 바르고 얼룩지지 않게 고르게 덧바른다. 물감 색을 바꿀 때 붓을 반드시 수세미로 깨꿋이 씻고 같은 색으로 많이 작업한 붓도 굳어 있는 물감을 깨끗이 씻고 그림을 그려 준다. 색칠을 바꿀 때, 붓에 묻은 물감을 씻기 전에 액자 측면을 그려 주면 마무리 일감을 덜 수 있다.

어느 정도 그림의 형태가 나타나면 다음 장면이 궁금해서 몰입하게 되고 제 끼에 밥 먹는 것도 잊는다.

오늘 아침에는 정신 차릴 겸 둘레 길을 걸었다. 너무 오래 앉아 있어서 엉덩이에 욕창이 생기고 펑퍼짐한 암반이 될 것 같았다. 소실된 근육도 찾고 예쁜 엉덩이를 원상태로 돌리기 위해서 아침 둘레 길을 돌고 왔다. 기분이 상쾌하다. 집으로 오는 길에 팀원인 이웃 가게에 들렀다. 그림 그리려고 가게에 일찍 나왔다고 한다. 눈이 침침해서 두 번씩 덧칠도 했다고 한다. 손님이 없으면 졸고 있던가, 멍 때리고 있었는데, 그림을 그리니 심심하지 않아서 좋다고 한다. 쉬엄쉬엄하라면서 물감칠하는 요령을 알려줬다. 본 그림은 또렷하게 물감을 정성 들여 여러 번 칠하면 입체감도 드러나고 얼룩이 안 생긴다고 알려 줬다. 눈이 아프고 너무 힘들다고 고개를 젓는다. 나도 한 번 그려 보고 다시는 안 그리고 싶다는 마음이 들었는데, 완성된 그림을 바라볼 때마다 흐뭇했다. '아이 낳을 때 힘드니까 다시는 안 낳고 싶던 마음이 바뀌듯' 그림에 취해서 또 붓을 들게 된다.

물감을 덧칠하며 번호를 지우고 밑그림 경계선도 지우고 그림을 완성하다 보면 '언제 이걸 다 그리지?' 고민했던 기억은 사라진다. 힘든 과정을 이겨 내고 인내심으로 해냈다는 성취감에 다른 일을 시작할 때도 두려움이 없어진다. 취미로 하는 일을 대강하지 그렇게 잠을 안 자면서까지 해야 되냐고 묻는다. 어떤 일이든 스스로 기간을 정해서 마무리해야 성취감을 느낀다.

"야호! 나는 뭐든 할 수 있어."

나를 향한 뿌듯함에 쾌재를 부르며 희열을 느낀다. 그림 그리기에 빠져 보면 '남편이 한 달간 집에 안 들어와도 화가 안 난다.'라는 말을 믿고 인생의 설계도 그리듯 붓을 들고 그림 그리기를 한다.

인문학
산책

인문학 강의를 듣고 수업 시간에 공부했던 장소인 융 · 건릉으로 인문학 여행을 가는 길이다. 12인승 노란 유치원생 버스 차량에 탑승하니 소풍 가는 것처럼 즐겁다. 오늘은 용주사, 융 · 건릉, 수원화성을 현장에서 공부하기로 했다. 수도권 인근이니 가 봐야지 하면서 제대로 관람도 못 한 곳이라 기대가 된다. 세 곳의 역사에 대해 강사님의 해박한 설명까지 들을 수 있으니 알찬 여행이 될 것이다.

세 군데 장소는 사도세자의 아들 정조 대왕 효 사상과 역사적으로 관계가 있는 곳이다. 융 · 건릉 다녀온 지가 벌써 십오 년은 흐른 것 같다.

수원 소재 대학 강의 다닐 때였다. 우리 지역 전직 시장님도 근처 학교에 강의를 할 때였다. 한 지역에서 봉사활동 할 때 자주 뵈던 시장님이고 단체장 하면서 많은 도움을 받았다. 경치 좋은 융·건릉 앞에서 점심을 먹자고 했다. 그때 나는 수원 소재 대학 강의만 주당 25시수를 하면서 세 군데 학교 강의를 다녔다. 가게 운영하고 여성단체장까지 하느라고 너무 힘들고 지쳐 있었다. 수원의 가까운 학교에 시장님도 강의를 하고 있다고 해서 반가운 마음에 시장님을 만나서 점심을 먹었다. 아무리 바빠도 식사 후 커피 대접이라도 해야 하는데, 염치없게도 식사 대접만 받고 그대로 차를 몰고 집으로 왔다.

"시장님! 뵙고 커피 한잔하면서 융·건릉 걷고 싶었는데요. 제가 지금 너무 졸려서 쓰러질 것 같습니다. 집에 가서 잠 좀 잘게요."
"아이고! 회장님 무리하지 마시고 빨리 들어가서 쉬세요."

참, 한 번 뵙고 식사를 하는 게 얼마나 영광된 자리인데, 그 당시는 밥 먹고 나니 졸리고 곧 쓰러질 것 같았다. 지금 생각하니 그때가 가장 바쁘게 살았던 인생 황금기였다. ○○여대에서 하루 여덟 시간씩 일주일에 세 번 강의를 하면서 방학 때 계절 학기까지 꼬박 이 년을 맡아서 했다. 학점 미달된 학생들이 계절 학기 수업으로 학점을 채우고 졸업을 해야 했다. 다섯 번을 F학점을 맞고 졸업을 못 하는 학생이 있었다. 아버지가 돈만 없앤다고 학교 그만두라 했는데 졸업은 해야 한다고 울상이었다. 그 학생은 학교 졸업 후 자격증이라도 있어야 사회에 나가서 취업하고 적응할 수 있겠다는 생각이 들었다. 학생 면담을 하면서 결석만 하지 말라고 당부했다. 과제물하고 결석만 없으면 F는 면할 수 있다고 실기 수업에 성실하게 참석하라고 했다. 말썽꾸러기로 소문난 학생을 상담해 보니 착한 아이였다. 학급 반장을 맡으라고 했다. 성인 학습자를 총무로 붙여 주고 즐겁게 공부하는 반을 만들어 보라고 부탁했다. 반장을 시켰더니 성실하게 학교에 왔다. 그 학생은 기가 막히게도 기술 습득이 뛰어났다. 학교 졸업하면 사회에 나가서 취업은 걱정 없을 것 같았다. 학생들에게 사회에 나가서 적응하는 방법 등, 인성 교육을 많이 했다.

교학처장님이 계절 학기 학생들 신청자가 적어서 강의비도 안 나오니 재료비는 알아서 하라고 했다. 교육하면서 돈 버는 것을 목적으로 하는 교수는 드물 것이다. 비싼 재료는 내가 가져가서 수업을 했다. 학점을 권총으로 도배했던 학생은 실습시간에 설명도 안 듣고 엎드려 잤다. 눈도 제대로 못 뜨고 졸았다. 아빠가 학비를 안 줘서 밤새 알바를 했다고 한다.

'저렇게 졸릴까?'

자고 나서 수업 끝날 때까지 한 작품 완성작을 만들어 내라고 했다. 이론 수업 잘 듣는 학생보다 엎드려 잔 학생의 실기 실력이 훨씬 좋았다. 천재적인 재능이 있다고 칭찬했다.

다음 학기에 첫 수업에 들어가니 학생들이 강의실에 넘쳐났다. 수강인원이 삼십 명인데 왜 이렇게 내 수업에 몰려 있냐고 물었다. 내 강의가 소문이 나서 학생들이 몰린 것이다. 출석부에 없는 학생은 청강은 가능한데 학점은 없을 거라고 했다. 빨리 다른 반으로 가고, 다음 학기에는 이번에 못 들어온 학생은 우선으로 등록해 주겠다고 약속했다. 그런데 나는 그 약속을 못 지켰다. 서울에 있는 역사 깊은 학교에 겸임교수로 합격해서 그 학교를 떠났기 때문이다.

추억을 반추해 보니 세 학교를 뛰면서 차 안에서 김밥 한 줄로 끼니를 때우고 참 바쁘고 달달한 시절이었다. 추억은 아득한데, 마음은 나이를 안 먹는다. 그 시절 그 기분이 지금의 내 생활을 견인하고 있다.

융 · 건릉 · 수원화성을 남편과 '인문학 여행'을 따라다니면서 젊은 시절 못 느껴 본 여유를 즐기고 있다. 다음 일정은 강화 마니산이라니 기대가 된다.

공부에 맛을 들이니 나이 들수록 할 일도 즐길 일도 많다. 허전하고 외롭지 않게 공부하면서 젊은 사람들과 어울리며 다양한 체험을 할 수 있어 즐겁다.

학습자 대표로
강의하다

○○대학교에서 대학의 관계자들이 모여 평생교육에 대한 포럼이 있었다. 학습자 수기를 썼더니 대표로 강의를 하라고 해서 참석했다.

단체의 행사에 참석한 지가 오 년은 넘은 것 같다. 단체장, 교수를 그만두고 이런 일에 참여를 안 하니 번거롭지 않아서 아주 편했다. 그동안 책도 실컷 읽고, 내가 좋아하는 분야 강의도 하고, 나하고 통하는 사람들과 인맥 쌓고, 오롯이 내 개인적인 취미를 즐기며 공적인 일과는 담을 쌓고 있었다.

사람은 사회적 동물인가 보다. 이렇게 중요한 포럼 자리에 유명 인사들과 함께 토론하고 학교의 발전 방향과 성과에 대해 토론하니 다시 교수 직함으로 앉아 있는 것 같아서 감회가 새롭다.

드센 여자들 사백여 명의 단체장을 육 년간 하면서 회원들을 위해 최선을 다해 주고, 공부시키고, 그들과 부대끼면서 갖은 험담을 들으며 시달렸다. 사회적 기업이고 뭐고 다시는 단체를 위해서 앞장서는 일은 하기 싫다. 내가 할 수 있는 부분만 담당해서 강의를 한다거나 봉사활동은 하려고 한다. 그것도 도가 지나치지 않게 내 행복을 추구하면서 일상에 방해가 되지 않을 정도로만 하고 있다. 뭐든 도가 지나치면 괴로움이 많아진다는 것을 체득했기 때문이다. 또 아예 참여를 안 하면 세상 물정에 어두워지고 바보가 된다.

대학 졸업 후 최종 학력을 끝으로 사회 모임에 참여를 안 하고 동네 사람들과 어울려 다니는 사람이 있다. 고학력 바보가 되어 이리저리 몰려다니며 남의 험담이나 하고 판단력이 흐려진 사람을 많이 보았다. 끊임없이 변하는 사회시스템에 참여하지 않으면 편협한 사고를 가질 수밖에 없다. 그 왁자지껄한 시장 바닥 같은 인간사에 푹 젖어서 판단력도 소실되어 버리는 삶은 살지 말아야지.

내가 발표할 시간은 간식 시간 후였다. 시간이 어중간해서 점심을 거르고 갔더니 눈이 침침하다. 어쩔 수 없이 짧은 휴식시간을 이용, 입장할 때 받은 도시락 간식을 먹으려고 자리를 찾았다. 코로나 때문에 공개 석상에서 음식을 섭취하면 안 되기 때문에 휴게소를 찾았다. 추위에 먹은 음식이 소화가 안 될까 봐 따뜻한 물을 잔뜩 담아 가서 간식과 함께 먹었다. 도시락은 유부초밥, 야채, 치킨이 들어 있어, 도시락치곤 꽤 비싸 보이고 맛도 좋았다. 단체 행사하면서 먹거리를 제대로 안 챙겨 주고 맛이 없으면 단체장은 욕을 바가지로 먹는다.

단체장 하면서 행사 때마다 다른 일 다 제치고 새벽 도매시장을 뛰어다녔던 시절이 회상되었다. 임원, 회원을 생각해서 내 일도 제치고 혼자 뛰어다니며 야유회 갈 준비했더니 "혼자 회원들께 칭찬받으려고 그런다." 하도 말이 많아서 사무장에게 시켰다. 과일도 맛없고 야채도 말라비틀어진 것을 사 왔다. 정성이 없네, 맛이 없네, 불평이 단체장에게 돌아온다. 회원들에게 맛있는 음식을 해 주고 싶었다. 가게 문을 닫고 새벽 도매시장을 다니며 맛있고 싱싱한 물건을 구입해서 과일, 야채를 씻고 행사 준비를 했다. 과일도 크고 싱싱한 것만 골라서 샀다. 오렌지는 손으로 까기 힘들다. 고민하다가 오렌지마다 칼로 십자조각을 내서 갔더니 껍질을 쉽게 벗길 수 있었다. 회원들이 "이건 회원을 사랑하는 정성이 아니면 할 수 없는 일이라"는 칭찬이 자자했다. 혼자 칭찬받으려고 혼자 다 했다는 둥, 시장 보면서 물건값을 부풀려 떼어먹었다는 둥, 뒷말하는 임원들 말에 귀를 닫았다. 회원들께 좋은 일이면 회원만 생각하며 챙겨 주기로 했다. 바람피운 놈이 마누라 의심만 하듯 사람은 자기가 하는 행동대로 의심의 말을 한다.

책상 위에 달달한 초콜릿도 있다. 이렇게 세심하게 챙기는 것은 참여자에 대한 예의와 애정이다. 음식을 섭취하고 식중독이라도 생기면 큰일이기 때문에 음식 선택도 신중을 기해야 한다. 유부 주먹밥을 몇 개 먹었더니 허기가 가셨다. 추위에 음식 먹으면 체하기 때문에 따뜻한 물을 많이 마셨다. 휴식시간 뒤에 바로 내 강의 차례가 아니어서 다행이다. 탄수화물을 들어가니 눈이 좀 밝아졌다. 돋보기 안 쓰고도 강의 자료를 볼 수 있을 것 같다.

평소에 준비를 안 해도 말이 술술 나오는데 강단에 서면 아무리 연습을 많이 해도 일부는 까먹는다. 몇십 년 사회를 봐도 무대에 설 때마다 떨린다는 TV 사회자의 말에 깊이 공감한다. 그 떨림은 잘 해내고자 하는 욕심과 내 강의를 듣는 관객이 내 말에 몰입해 주고 내 강의 내용을 흡수해서 한마디라도 도움이 되었으면 하는 바람에서다. 또 어려운 발걸음을 한 관객들에게 귀한 시간을 허비하게 하지 않게 하려는 배려에서다.

수강생과 강사의 어려움에 대해 강의를 했다. 내 수업을 들었던 수강생들이 치매에 대한 좋은 강의가 있어서 새로운 분야 공부하러 왔다고 했다. 사람들은 강의를 하면 떼돈을 버는 줄 안다. 교육에 몸담고 있는 사람들이 부자 되려고 강의하지 않는다. 내가 아는 지식을 하나라도 나누고 싶어서 강의를 하는 것이다. 강의하는 것이 부러워서 한 번이라도 강의를 준비해 보면 다 물러나 버린다. 공부를 즐기고 이타심을 가지고 지도해야 한다. 내가 아는 것을 습관처럼 나누려는 마음이 있어야 강의를 잘할 수 있다.

단체에서 리더로 일하는 사람은 보면 잘 돕는다. 리더의 어려움을 알기 때문에 손은 부지런히 돕고 입은 닫는다. 임원들 지적하는 한마디가 회장에게는 임원 수만큼 크게 들린다.

늘 깨어 있는 사람이 되기 위해서는 부지런히 갈고, 닦고, 참여하려 한다. ○○대학교에서 진행하는 '치매 예방'이라는 분야를 공부하면서 처음 보는 사람과 인맥도 쌓고 세대를 아우를 수 있는 마음 밭을 키우고 있다.

제5장

수강생은
나의 아바타

1
___

인기 강좌는
수강생과 함께 만든다

"수강 신청 대기자입니다."

아침에 강의를 가 보니 내 강의가 인기 강좌로 수강생 대기자가 밀렸다고 한다. 삼 분기 때 겨우 인원을 채우고 개설되었는데, 기분이 좋았다.

나는 어떤 과목을 가르치든 최선을 다하는 이유가 있다. 늦게 대학을 다니다 보니 지식이 고픈 사람의 마음이 어떨지 짐작되어서다. 고학력 시대에 물질도 풍부하고 배울 것이 많다. 수강생들은 자기 분야에 더 장인이고 존경스러운 분이다. 어르신들이 결석 한 번 없이 꾸준히 내 강의에 참여만 해도 감사하다. 배우려는 수강생들의 열의가 헛되지 않게 존경하는 마음으로 하나라도 더 첨삭 지

126 공부야, 놀자!

도한다.

글쓰기 어려운 부분도 강사의 역량에 따라 초보들이 그 과정을 쉽게 소화해 낸다. 그래서 개인의 학습 능력에 따른 교수법이 필요하다. 창의력 있는 글쓰기는 어떤 과목보다 어렵다. 칭찬을 자주하고 작은 일에도 만족할 수 있게 가족에게 손 편지를 쓰라고 했다. 교육비가 있든 없든 어르신들이 강의실에 앉아 배우는 게 보통 힘든 일이 아니다.

대학 다닐 때부터 이십 년을 쉬는 날 없이 뛰다 보니 체력의 한계를 느끼고 좀 쉬고 싶었다. 내 글도 퇴고해서 책을 출간해야 하는데 시간에 쫓긴다. 어르신들도 글쓰기가 어렵고 머릿골이 아프다고 한다. '카톡' 글쓰기만 배우려고 했는데, 작가를 만들려고 한다고 투덜투덜댔다. 뜨거운 여름을 보내면서 나도 지쳐서 이번에 좀 쉬고 싶었다. 그런데 수업을 진행하는 내 강좌에 대기자 명단이 있을 정도로 인기 강좌가 되었다니 더 잘해야겠다고 각오를 한다.

봄에 비대면이 풀리면서 이 분기부터 대면 강의를 시작했다. 천재지변도 배움의 열정은 막지 못했다. 일주일 내내 수업자료 준비하고 수강생들에게 하나라도 더 알려 주려고 노력했다. 늦게 대학을 다녔던 나는 늘 지식에 목이 말랐다. 대학교수님들의 열정적인 강의는 내 심장에 불을 지폈다. 수업을 끝내고 강의실 문을 나서는 교수님 뒷모습이 신처럼 존경스러웠던 모습을 닮고 싶었다.

'공부도 사업도 힘들면 제대로 하고 있는 것'이라고 한다. 강단에

선 이상, 수강생에게 빨리 글쓰기를 터득할 수 있게 빨간 펜으로 첨삭 지도를 한다. 특히 글쓰기 공부는 농부의 부지런함으로 밭갈 이하듯 성실하게 써야 실력이 향상된다.

과제물도 안 내고 글도 안 쓰고 수업만 듣고 가는 수강생도 있었다. 듣고 집에 가면 금방 쓸 것 같아도 돌아선 순간 다 잊어버리고 글이 안 써진다.

교육센터에서 기존 수강생에게 일반인 모집 일주일 전에 신청을 하라고 우선순위를 준다. 나이를 먹어도 늦장 부리는 사람은 평소의 태도가 얼굴에 나타난다. 수강생 한 분은 내 앞에서는 수강 신청하려는데 늦게 하다 보니 어쩔 수 없었다는 제스처를 여러 번 했다.

마지막 수업 날, 대기자들이 공부할 수 있도록 두 명이 수강 취소했으니 지금 빨리 신청하라고 했다. 접수처에 수강생과 함께 가서 직원에게 말했다.

"기존 수강생에게 사 분기 수업 신청 우선순위 있지요? 기존 수강생 두 분이 지금 취소했으니 그 자리에 넣어 주세요."

"기존 수강자는 일주일 전에 수강신청 기회를 주기 때문에 지금 신청한 사람은 대기자예요."

직원은 심드렁하게 대답하면서 단호하게 예비순위를 지키라고 한다.

'삼 분기 신청할 때도 수업 시작 바로 전에 신청하더니 느긋한 성

격은 어쩔 수 없구나!'

'우물쭈물하다 내 이럴 줄 알았다'는 표현이 조지버나드 쇼의 무덤에만 해당되는 게 아니었다. 그 수강생은 마지막 수업 후 내 뒤를 쫓아와 도강이라도 하겠다고 말했다.

수강 신청했다 취소하신 두 여자 어르신은 결석, 지각 한 번 없이 과제물도 성실히 했다. 첫 수업 때 '카톡' 글만 제대로 써도 좋겠다고 했는데, 과제물을 하려니 너무 힘들어서 생병이 생길 것 같다고 그만두고 싶다는 말을 수시로 했다. 성실하게 수업에 임하니 수필 한 편 거뜬히 쓸 정도로 실력이 월등해졌다. 두 분께 글재주가 있으니 수필을 써서 공동 출간해 보라고 했다. 수업이 힘들어도 내 강의를 들으면 힘이 나고 '글쓰기 공부를 계속해야겠다는 생각이 든다.'며 강사의 열정에 코를 꿴 기분이라고 웃었다. 두 분이 빠진다고 하니 글 잘 쓰는 인재를 놓치는 것 같아 안타까웠다. 내가 대학원을 다른 과로 진학할 때 문예창작학과 학과장님이 크게 야단치며 안타까워했던 교수님처럼 발을 구르고 있었다.

수업 시간에 글을 또박또박 천천히 낭독하라고 했다. 써 놓은 글도 리듬을 살려 잘 읽어야 글맛이 살아난다. 어르신들에게 읽기를 시키는 게 미안해서 나 혼자 낭독했더니 목이 너무 아팠다. 수강생들에게 돌아가면서 읽으라고 했더니 안 시켰으면 서운할 정도로 낭독을 잘한다. 글을 맛깔나게 낭독하면 글에 생기가 돈다.

마지막 수업 때, 수강생 한 분 한 분 소감을 말했다. 글감 선택에 마중물 역할 잘해 줘서 글쓰기가 편했다고 한다. 빨간 펜으로 첨삭 지도해 준 덕에 글쓰기를 빨리 터득했다고 고맙다고 했다. 접수받는 직원을 붙들고 글쓰기 수업 청강이라도 해 보라고 열성적으로 광고한다. 자녀들에게 손 편지를 써 줬더니 좋아하더라는 어르신이 존경스럽다.

종강 때 수강생들과 단체로 식사를 하고 대화를 나눴다.

그 뒤 점심 함께하자고 권유해서 바쁘다고 거절했다. 필요 없는 친밀감은 오해를 부를 수 있어서 수강생과 적당한 거리를 지켜야 한다. 특히 글쓰기는 사생활이 많이 노출되기 때문에 너무 격의 없이 지내면 불편한 일이 생긴다.

'교육센터'에서 처음 면접 볼 때 어르신 수업해 본 경험이 있는지 강조해서 걱정했다. 어르신들이 수업이 맘에 안 들면 전원 수업을 중단한다고 했다. 수업은 지식만 전달하는 게 아니다. 수강생의 기분을 헤아리고 지극한 마음으로 정성을 다해야 한다.

"수강생 섬기는 마음으로 열심히 지도해 줘서 고맙다."고 교수님을 하셨다는 분이 말했다.

인기 강좌는 강사의 마중물에 수강생이 열심히 펌프질을 해서 물을 퍼 올리는 합작품이다. 진심을 나누는 글쓰기 공부, 사 분기에 또 만나요.

초등학생들과
동화의 세계에서 놀다

팬데믹 세상이 오니 사람끼리 거리조정을 해야 했다. 지역예술인 단체에서 줌으로 수업할 수 있는 강사는 온라인 강의 수업계획서를 내라고 했다. 몇 달쯤 있으니 ㅇㅇ초등학교 부장 선생님이 연락을 했다. 그림 모사와 각색을 초등학교 삼 학년 전체 수업을 해 달라고 했다. 그 많은 학생을 혼자 지도하기 어렵다고 내가 말했다. 선생님들이 보조를 할 거니 걱정 말라고 했다. 학생들과 함께 그림 모사와 각색을 할 수 있다니 만감이 교차하면서 마음이 무척 설레고 초등학생으로 돌아간 기분이었다. 담당 부장 선생님과 강의에 대한 의논을 하게 되었다.

"학생들이 일 년이 다 되어 가는데 코로나 때문에 출석 일수가 한 달 정도밖에 안 되어서 체험수업을 앨범으로 만들어 주고 싶어요."

"그러면 동화각색과 동화 모사를 하면 앨범 만드는 데 좋겠는데요. 수업일수와 상관없이 마무리될 때까지 제가 도와 드리겠습니다. 아이들은 함께 키우는 거지요."

동화각색과 모사를 하기로 약속을 하고 6개 반 전 학생을 나 혼자 맡아서 지도해야 한다는데, 캄캄했다. 강의료 따지지 말고 최선을 다해 주라는 문인협회 회장님 부탁도 있고 해서 최선을 다해 주자고 다짐했다.

동화각색, 그림 모사를 '동화책'을 선정했다. 내용도 각색하기 좋게 판타지 성격으로 각색과 모사를 하는 데 변화하기 좋은 동화책을 골랐다.

학생 한 명이 두 장의 그림을 그리고 릴레이 모사로 동화를 완성하기로 했다. 직접 그림을 그려 보니, 보통 작업이 아니었다. 그림에 초급인 초등학생이 소화하기에 어려운 부분은 밑그림을 그려가기로 했다. 새벽 2시까지 육십여 장 밑그림 작업을 해 가지고 학교에 갔다.

마스크를 쓰고 눈망울이 초롱초롱한 학생들을 대하니, 왜 이런 팬데믹 시대가 되었는지, 어린 학생들이 안쓰러워 눈물이 났다. 아이들이 나하고 함께 하는 시간만이라도 행복하게 해 줘야겠다고 생각했다. 교육비, 재료비는 경기도 교육청에서 제공했다. 점심도 선생님들 보호 아래 학교에서 먹여서 보낸다. 학교에서 점심을 해결해 주니, 굶은 학생들이 없겠다는 생각에 안심이 되었지만, 선생님들 고생이 많다. 선생님 그림자도 안 밟고 존경했던 내가 초등학교 다닐 때의 풍경과는 판이하게 달랐다. 조건이 잘 갖춰진 풍요로운 세상에서 편하게 공부하는 학생들을 보니, 나도 학생들과 책상에 앉아서 다시 공부하고 싶었다.

한 반에 2교시 3회 수업으로 릴레이 그림동화를 각색해서 만들어야 했다. 학급마다 문집을 만든다고 하니 그림이 엉망이면 안 되겠다는 책임감이 강해졌다. 동화책 그림을 보니, 어려운 구도가 걱정이었다. 한 반에 열 장씩 밑그림을 그려 가지고 갔다. 팔이 빠지게 아팠다. 문집을 만든다고 하니 완성된 그림에 신경을 안 쓸 수가 없었다. 각 반에 그림에 소질 있는 학생 다섯 명 정도만 추천해 달라고 했다.

삼 학년 5반, 2반, 6반 교실로 정신없이 뛰어다녔다. 코로나 2.5단계로 오니 학생들이 일주일에 두 번만 학교에 오게 되었다. 나도 거기에 맞춰서 일주일에 이틀만 학교에 갔다. 동화각색은 자료를 주고 집에서 구상을 해 오면 마지막 날 공동으로 각색을 하기로 했다. 학교에서 동화 그리기를 하도록 했는데, 처음에 끙끙대던 학생들이 쉽게 그리는 법을 알려 주니 금방 그렸다. 그림이 미완성된 부분은 선생님들이 그날 동화 그림 한 장을 끝까지 완성해 주기로 했다. 그런데, 색연필을 1반에서 6반까지 함께 사용하니 시간이 있어도 그림을 완성하기가 힘들다고 한다. 빨리 완성시켜야 내가 검토할 수 있다고 하니 선생님들도 경쟁하듯 열심히 해 주셨다. 쉬는 시간 오 분이라도 붙들고 그리라고 했더니, 선생님들도 하루에 그림을 완성시키도록 노력해 주셨다. 어떤 반은 집에 있는 색연필을 다 가져왔는지, 많은 학생이 색연필이 있었다. 그 반은 작품도 쉽게 완성하고 수준 높은 앨범을 만들었다.

첫날 가져온 육십여 장을 수정하는데, 색연필을 얼마나 진하게 칠했는지 지우기만 하는데, 팔이 빠질 듯 아팠다. 허긴 짧은 시간에 이 정도 해 주는 것도 너무 감사했다. 완성된 그림을 점검하며 최대한 본 그림을 살리면서 또렷하게 수정을 해 놓고 보니, 죽어가던 그림을 살려 내는 것 같았다. 손발 꼬물꼬물 움직이는 표현을 잘 그려서 어찌나 귀여운지 그림을 점검하다가 한참을 웃었다. 빠질 듯이 아프던 어깨 결림과 피로가 사라지고 행복한 감정이 밀려올라왔다.

대학 강의가 끝나고 이 년 만에 초등학생들을 지도하다 보니 강단에서 강의할 때 행복과 보람을 크게 느꼈던 것 같아 그 시절이 회상되었다. 학생들 추억을 남기는 역사적인 일에 동참하여 잘 완성되게 최선을 다해 줘야겠다는 생각에 학생들 그림을 붙들고 수정하다 말고 한참을 기분 좋게 웃었다. 화가처럼 아주 잘 그린 기특한 그림을 만나면 감탄을 연발하면서 기를 받았다. 아이들은 우리 모두가 공동으로 키워야 한다는 말에 동감하면서 신나게 그림을 수정해 주었다.

　나이 먹을수록 할 일이 없어서 시간 보내기 무료하다는데, 이렇게 의미 있는 일을 하는 데 동참할 수 있어서 난 참 행운아라는 생각이 들었다.
　'알고도 행하지 않으면 모르는 것이다.'는 내가 가진 재주를 남에게 베풀 수 있게 시간을 만들어 준 코로나가 고맙다.

3
___

설레는 첫 수업

'그림책 마음 테라피' 수업 첫날이다. 수업 첫날은 분위기 조성이 중요하다. 수강생 명찰을 준비했다. 명찰을 가슴에 달면 학생이 된 기분으로 마음가짐이 새롭다. 또 서로의 이름을 알 수 있으니 수강생끼리 빨리 친해질 수 있다. 수업에 임하는 책임감도 느껴지니 수업할 때 명찰을 다는 게 좋다.

어떤 수업을 하던 한 시간 전에 강의실에 가서 준비를 한다. 운동도 할 겸 걸어서 강의실 도착하니 회장님이 벌써 와 계신다. 참 부지런한 회장님이다. 빔은 잘 작동되는지 점검했다. 수강생도 다 도착해서 수업이 시작되었다. 글쓰기의 개요에 대해 설명하고 저작권법에 위배될 수 있으니, 수업자료는 유포하지 말고 수업용으로만 사용하라고 했다.

참고로 나눠 준 그림을 보고 가족에 대해 그리라고 했다. 그림이
어려워서 못 그리겠다고 한다. 그럼 화투 그림을 그리는 게 어떠냐
고 했더니 다섯 명이 화투를 그리겠다고 한다.

50, 60세대는 호기심 가득한 초등학생과 달랐다. 아이들은 자기
가 그림 못 그릴까 봐 걱정을 안 한다. 어른들은 실수할까 봐 두려
움이 앞선다. 어른들은 변화를 싫어해서 새로운 것을 배우려고 도
전을 잘 안 한다. 세상 경험을 많이 해 봤기 때문에 쉽게 덤벼들지
못한다. 초등학생들은 자기가 잘하든 못하든 새로운 것에 시도하
는 것을 즐긴다. 그 순간을 즐길 뿐 결과에 연연하지 않는다.

켄트지에 밑그림을 그려서 색칠하라고 설명했다. 인쇄지 위에 색
칠만 해도 되는 줄 알았다고 한다. 인쇄된 종이가 얇아서 색칠하면
찢어진다고 미술용 켄트지에 옮겨 그리고 색을 칠하라고 했다. 어
차피 화투장 밑그림에 색칠하려면 본인이 스케치하고 색을 칠하는
게 낫다고 했다. 가족의 모습을 그리기 시작한다.

'닭싸움 보러 우르르 몰려왔다가 싸움거리가 없자 구경할 거 없
는 닭 돌아서듯 하더니 그리기에 몰두하네.'

고향 집의 툇마루는 윤기가 반짝반짝하고 참 정겨웠는데, 머릿속
이미지를 못 그리겠다고 한다. 네이버나 구글에서 '고향 집 툇마루'를
입력하고 내가 그리고 싶은 마루의 이미지를 찾아서 그리라고 했다.

교재용 그림과 똑같이 그리지 말고 가족을 생각하며 창작을 하라고 했다. 시간이 부족하니 밑그림만 그리고 다 못 그린 그림은 집에서 색칠을 하라고 했다. 내가 글쓰기 이론 강의를 하든가, 말든가 숙제를 하는 사람처럼 정신없이 그림을 그리고 색칠까지 시작한다.

"밑그림만 그리고 집에서 색칠을 하고 오세요."
"집에서 할 시간 없어요."

엄마들은 하는 일이 많아 직장인보다 더 바쁘다. 맘먹고 취미 생활을 하려고 해도 집안 살림, 아들딸, 남편 뒷바라지하다 보면 내 취미는 순위가 밀린다. 내 취미부터 하고 집안일하면 되는데, 가족들 챙기느라 밥 먹는 것도, 내 놀이도 뒷전이다. 엄마의 희생이 가족을 지탱하고 내 새끼, 내 남편을 번듯하게 건사했다.

"여자는 태어나면 죽을 때까지 일이 끝이 없어요. 아들딸이 결혼해서 내 역할이 끝났나 했더니 이젠 손주 봐줘야 해요. 여자는 죽을 때까지 일에서 못 벗어나요."
"손주를 남에게 맡기기는 걱정되고 내가 봐줘야지요."
"두 부부가 직장에 다니니 밥이나 제대로 먹고 다니겠어요? 김치라도 담가 줘야지요."

공부야, 놀자!

엄마는 평생 자식 걱정이 우선이다. 자식 일생까지 살아 주지 말고 다 내려놓고 취미 생활하라고 권한다. 수강생이 질문했다. 글을 쓰는데 어린 시절은 과거에서 글을 써야지 현재에서 어떻게 과거로 가서 글을 쓰냐고 한다. 글 쓰는 방법이 다양한데, 자기 고집대로 하면 문학적인 글쓰기가 어렵다. 일기는 자기만 보면 되기 때문에 글쓰기 룰을 지키지 않아도 된다. 수필은 내가 쓴 글 속에 독자를 끌어들여 내 이야기에 동화시키는 것이다. 독자는 글을 읽고 내 마음과 동화되어 울고 웃어야 한다. 그러려면 수필의 룰을 따라 쓰고 독자가 현장을 보는 것처럼 자세히 묘사를 해 줘야 한다.

현재, 어느 시점의 '보고, 듣고, 경험한' 사건을 쓴다. 과거, 그 시점보다 과거에 있었던 기억을 떠올려 '보고, 듣고, 경험한' 사건을 쓴다. 현재, 처음 언급했던 어느 시점 사건에 '의미와 가치'를 부여한다. 의미와 가치는 마무리에서 써도 된다.

역시! 다들 잘 그리고 있다. 글쓰기는 숙제다. 생각난 대로 쓰고, 걷다가도 쓰고, 직접 안 써도 말로라도 쓰라고 했다. 무슨 일이든 그 일에 빠져들어야 결과가 보인다. 결과가 미흡해도 최선을 다하면 마음은 뿌듯하다.

'엄마는 오롯이 취미에 올인하고 있다.'고 가족들께 선언하시라. 글쓰기, 그림 그리기 취미를 즐기며 '내면적 행복'에 취해야 한다. 그러려면 오감을 열어 놓고 호기심 가득한 마음을 장전한다.

한 편의 수필에 메시지 하나 던져 준다. 작가는 독자를 돕는다는 생각을 먼저 한다. 객관적인 입장에서 서술하고 판단은 독자에게 맡긴다.

정치, 정부, 종교를 비난하는 내용을 쓰지 않는다. 이런 경우, 체험한 일은 보여 주는 묘사를 하고 판단은 독자에게 맡긴다.

수강생의 자세

초등학생과 시니어 대상으로 글쓰기, 그림 그리기 강의를 했다. 학생들은 배움에 대한 열정이 강해서 하나라도 더 배우려고 눈이 초롱초롱하다. 학생들의 예쁜 모습은 수업이 힘들어도 내 아이 가르치듯 저절로 미소가 지어진다.

어른들은 수업 중에도 투정이 많다. 자기 마음에 안 들면 화부터 낸다. 성인 수강생들은 지식의 격차가 많아서 받아들이는 속도가 다르다. 배움에 경험이 많거나 배우는 분야에 흥미를 느끼는 사람은 배우는 속도가 빠르지만, 느린 학습자도 있다.

글쓰기와 그림 그리기를 하다 보면 스스로 마음치유가 되는 경험을 해서 '그림책 마음 테라피'라고 자신 있게 수업 제목으로 썼다.

'그림 그리는 재미에 취하면 남과 싸울 틈이 없다.'고 할 정도로 시간도 잘 가고 행복하다. 무슨 과목을 배우든 처음에는 어렵다. 꾸준히 공부하면서 힘든 과정이 지나면 더 재미를 느끼고 마음치유가 되는 것을 느낄 수 있다.

수강생이 처음 해 보는 그림과 글쓰기가 마음대로 안 되니까 화를 냈다. 잘하려고 신경 쓰니까 스트레스를 더 받는데, 제목에 속아서 신청했다고 한참을 큰소리치면서 진을 뺐다. 수업료, 재료비가 무료이고, 첫날이니 그만둬도 된다고 말했다. 그런데 제목에 속았다고 관계기관에도 신고를 한 것 같았다. 그렇게 따지던 사람이 끝까지 수업을 경청해서 내 책을 선물했다.

직장인 상대로 하는 야간반은 수업계획서를 아예 '그림 그리고 쓰다'로 했다. 이번에는 그림은 잘 그려지는데 글이 안 써진다고 스트레스받는다면서 그림만 그리겠다고 불만이다.

"과목 이름을 잘 보세요. 글 쓰고 그림 그리는 수업이라고 써 있잖아요?"

내 맘대로 안 되니까 스트레스받는다고 짜증을 부리던 수강생에게 몇십 년 시간 투자하고 전공을 한 강사를 한 번의 수업으로 뛰어넘으려는 불필요한 열등감을 벗어 놓으라고 말했다.

"잘하고 싶은데 어떡해요?"

강의 제목을 바꿔도 수강생의 투정을 듣고 깊은 생각을 하게 되었다.

'아하! 제목 때문이 아니라 초보자에게 내 수업이 어렵게 느껴지나 보다.' 만화처럼 쉽게 그리라고 해도 잘하고 싶은 욕심에 화를 낸다. 첫 수업을 들어와서도 수업에 잘 적응하는 사람은 교재에 있는 그림 한 장을 세 시간 동안 다 그린 사람도 있다. 그림은 교재와 똑같이 안 해도 되니 글감을 생각하면서 자기의 마음대로 다른 그림을 그려도 된다고 설명했다.

옆 사람과 비교하면서 잘 안 된다고 투정부터 부리는 수강생의 반응이 강사는 반갑다. 그 과목에 관심이 있다는 의미다. 그렇게 따지던 사람이 수업에 재미를 붙이면서 호의적으로 변했다. 수업 종료 후 뒤풀이까지 하면서 가까워졌다. 수업을 듣다 보니 자서전을 쓰고 싶어졌다면서 동아리 반에도 등록했다. 내 강의를 들으면서 다양한 차이를 보이는 수강생들을 위해 강의 교재를 차별화해서 만들 필요성을 느끼면서 고민하고 있을 때였다.

○○대학교에서 '치매 예방 인지 활동 지도사 과정' 수업을 듣게 되었다. 수업 교재를 보고 내게 꼭 필요한 아이디어를 얻은 것만 해도 내게는 큰 수확이었다. 수업을 듣던 칠순의 남자 어르신이 강사에게 큰소리로 항의했다. 강사가 수업 시작 오 분 전에 수강생과 대화하고 있으니, 수업 시작 전에 수강생에게 한마디도 하지 말라고 했다. 남자 어르신의 기분이 격앙되어서 강사는 수업 끝난 후 공지하겠다고 말하고 수업을 계속했다. 수업이 끝나고 남자 어르신에게 강사가 말했다.

"치매 예방 수업은 대화를 많이 해야 하고 옆 사람과 친해져야 하는 수업이므로 빨리 오면 인사도 하고 대화도 나누셔야 합니다."

나이 많은 남자 어르신들은 퇴직 후 사회경험 부족으로 사회의 현상을 이해하기 힘들다. 다른 수업을 많이 받아 봤거나 활동을 많이 한 경험이 있다면 그렇게 소리 지르지 않았을 것이다.

나이 든 사람들은 수업이 어려우면 강사에게 큰소리로 성질부터 낸다. '나이가 훈장'인 것처럼 인생 체험을 많이 하고 경험이 많은 사람들이 잘 따지고 큰소리로 야단을 친다. 마음 여린 젊은 강사는 야단치는 어른을 만나면 힘들어한다. 어르신 상대로 강의할 의지가 꺾이는 것이다. 젊은 강사들은 어르신들 얼굴만 봐도 어려운데, 야단치며 소리를 질러서 울상을 짓는 강사도 보았다.

어르신들은 젊은 강사들에게 친절한 마음으로 이타심을 발휘해서 적당히 수위를 조절하며 참여를 해 주는 것이 강사에 대한 예의라고 생각한다.

'시니어센터' 수업 신청을 하고 면접을 보게 되었다. 면접관이 어르신 상대로 강의 경력이 있는지 물었다. 대학부터 산업체 강의를 해 봤던 나는 성인 대상 강의 경험은 풍부하다고 답했다. 면접을 보고 어르신들에게 강의를 계속해야 할지, 학생들 상대로 강의를 해야 할지 고민이었다.

'학생들을 가르치는 것은 깨끗한 도화지에 지식을 입력하는 것이라면, 경험이 많은 어른들을 가르치는 것은 검게 낙서된 부분을 지우개로 지우고 새 글을 써야 할 만큼' 지도하기가 어렵다. 학생들은 공부를 해야 할 목적이 있어서 글쓰기를 배우며 다른 과목에도 중

공부야, 놀자!

요한 영향을 미치기 때문에 열심히 한다. 지난해 초등생들과 수업할 때 얼마나 앙증맞고 예쁘던지, 그 모습이 눈앞에 자꾸 아른거렸다. 또 선배가 학교 졸업 후 오랫동안 학생들 글쓰기 수업을 교육기관에서 맡아서 하고 있는 것을 보고, 나도 학생들에게 오래 강의를 하고 싶었다. 선배님께 초등학생 과정 수업계획서를 받아 보았다. 어른들 프로그램보다 커리큘럼이 가볍다. '차라리 꿈나무들을 지도해 볼까.' 하는 생각이 들었다.

'시니어인 나마저 등을 돌린다면 누가 이 자리에 설 것인가.' 공부가 좋아서 배움을 실천하며 가르치다 보면 수강생보다 내가 더 많이 배우며 행복을 느낄 수 있기에 이 자리에 섰다.

카톡, 카톡

카톡 소리가 유별나게 반갑다. 어르신센터 수업 중이었다. 내 수업을 몇 번 들었던 수강생과 신입생이 섞여 있는 반이다. 글쓰기에서 문장 나누기와 부호의 쓰임 설명을 하고 있는데 남자 수강생이 손을 번쩍 들었다.

"처음 듣는 사람은 부호 설명을 못 알아듣겠어요. 수업자료를 주셔야지요?"

"카톡에 올렸는데, 안 열어 보고 오셨어요. 제가 글 쓸 때마다 옆에 두고 참고하라고 파일로 올렸어요."

"파일이 안 열려서 별생각 없이 그냥 왔어요."

"왜 안 열릴까요?"

다른 수강생도 파일이 안 열려서 못 읽었다고 수런거렸다. 핸드폰에 상대의 전화번호를 입력 후 조금 기다려야 카톡에 떴던 생각이 났다.

"내 전화번호 입력하고 조금 기다리면 파일을 열 수 있을 거예요."

내 번호를 입력하고 한 시간 후 수업이 끝날 때까지 카톡 파일은 열리지 않았다. 수강생에게는 자료를 보완해서 다음 수업에 인쇄해서 주겠다고 했다.

수강생은 신입이나 오래 배운 사람이나 수준 차이 난다고 걱정 안 해도 된다. 써 온 글 피드백해 주기 때문에 자기가 쓴 만큼 발전한다. 아무리 유능한 강사가 강의해도 수강생의 그릇 만큼 받아 간다. 그래서 수강생 수준이 달라도 걱정 안 해도 된다.

그날 밤 협회에서 임원 회의가 있었다. 대화 중에 카톡에 올린 동영상, 파일이 안 열려서 애를 먹었다고 한다.

'아, 수강생들이 핸드폰을 다룰 줄 모른 게 아니었구나!'

뉴스를 들으니 경기도 판교에 있는 'SK C&C 데이터센터 내 리튬이온배터리'에서 스파크가 큰불로 번져 카카오 서비스 장애로 카톡이 불통이었다는 것이다.

날마다 습관처럼 무료로 카톡을 사용하면서 고마운 줄 몰랐다. 공기, 물처럼 공짜로 사용하는 자연의 고마움을 잊고 살 듯, 그냥 주면 사람은 공짜로 받는 것이 권리인 줄 안다.

지방에서는 카톡 불통으로 '도리짓고땡' 주부 도박단을 가볍게 검거했다고 한다. 도박꾼들은 잡혀가면서 "오늘 불침번은 뭐 했냐."라고 투덜거렸다고 한다. 경찰의 움직임을 눈치채고 불침번이 카톡으로 알렸는데, 때맞춰 카톡이 먹통되어 메시지 전달이 불발되었다고 한다. 도박단들은 숨을 기회도 없이 도박하던 차림새 그대로 경찰에게 잡혀갔다고 한다.

남편은 사이버 세상에 대해 부정적이었다. 정년퇴직 후 인터넷 기능을 익혀야 세상 살기 편하다고 카톡 기능을 익히라고 했다.

"이제 배워서 어디다 써 먹어. 안 할 거야."

그 뒤 취직한 직장에서 근무 지침에 대한 알림은 카톡으로 한다니까 엉덩이에 불난 듯 카톡을 가르쳐 달라고 보챘다. 카톡이 생활화되니 친구들 모임도 카톡으로 공지를 올린다. 통신이 두절되어도 카톡은 가능하다. 조난 사고나 급한 소식 전할 때 카톡이 유리할 때도 있다. 그런데 카톡이 불편한 점이 있다. 카톡에 초대되면 자발적으로 나가야지 잘못 초대되어도 안 나가면 내보낼 수가 없다.

친목 모임을 카톡에 공지한다. 회장인 나에게 의논도 없이 비회원들을 몽땅 초대한 사람이 있다. 자잘한 일로 말다툼을 한 보복을 한 것이다. 일을 저질러 놓고 넉살 좋게 실수였다고 한다. 여러 명초대해 놓고 실수라니, 뻔뻔스러움도 가지가지란 생각이 들었다.

카톡에 초대해서는 안 될 사람들이 들어왔다. 전에 임원을 하면서 우리 편에 붙었다, 상대편에 붙었다, 회색분자 역할을 이가 갈리게 한 사람이 초대되었다. 카톡에 글이 올라온다.

'모임에 나도 끼워줘?'

'주책 떨고 있네. 회색분자랑 또 엮이느니 내가 모임을 탈퇴하고 말지.'

몇 년 전 집단으로 소송했던 사건이 생각나 속이 부글부글 끓었다. 회장인 나는 그 카톡 방을 나와 버렸다. '즈그들끼리 씹든가 말든가. 지긋지긋한 인연 끊었으면 그만이지 뭔 미련이 있다고 또 찾아올까.'

사람 관계의 인연은 모임이 끝나면 그 인연도 거기까지 끝나는 게 좋다. 서로 안 맞는 것 알면서 '오뉴월 곁불도 쬐다 그만두면 서운하다.'는 아쉬움으로 관계 청산을 못 하고 질질 끌려가면 더 큰 낭패를 당한다. 옳고 그른 분간을 못 하고 아비규환 속 사람들 생각만 하면 넌더리가 나고 속이 메슥거린다. 내게 필요 없는 인연은 잡초 제거하듯 수시로 정리해야 한다.

공짜로 카톡을 이용하면서 고마운 줄 몰랐다. 카톡 기능에 알람 일정 기능도 있고 톡 캘린더에 입력하면 날짜에 맞춰 메시지도 전해 준다. 카톡에 의외로 숨은 기능이 많아 고맙게 사용하고 있다.

몇몇의 사람들이 카톡이 불통된 것에 손해배상을 청구한다는데, 공기나 자연물처럼 공짜로 쓰면서 고마움을 모르고 따지는 사람들

속을 들여다보고 싶다. 그런 사람은 산에 불나서 바람이 불어 집이 타게 되면 바람에게 소송 걸 사람이다.

무료로 카톡을 사용하는 사람들까지 카톡 회사에 손해배상을 청구하겠다고 떠든다. 허파에 바람 든 양심이 데굴데굴 구른다.

제6장

좋은 사람들과
공부하며 성장한다

1
—

미술 관람이 주는
생활 속 산소

코로나로 인한 거리 제한이 앤데믹으로 풀렸다. 문인들과 '국립현대미술관 서울관'에서 전시하는 한국미술명작을 관람했다. 'MMCA 이건희컬렉션 특별전'이다. 그동안 단체 행사를 미루고 있었던 일이 봇물 터지듯 이어진다.

영업장소를 교육연구실과 겸용하기로 마음먹은 약속을 실행하기로 했다. 인생은 장거리 여행이고, 구간마다 즐거운 일에 적극 참여하는 것이 즐기는 삶이다. 사십 년을 영업을 하면서 학교도 다니고 다양한 분야에 참여하며 많은 것을 배운다. 영업을 못 해 당장 수익이 줄어 손해가 많은 것 같아도 틈을 내서 참여하는 것이 일을 즐겁게 하는 방법이고 건강하고 지루하지 않게 오랫동안 직업을 유지할 수 있다. 영업하는 사람들은 공인이라는 의무감으로 현장을 지키려는 책임감이 강하다. 개인 사정으로 어쩔 수 없이 문을 닫아야 하는 경우에도 고객에 대한 미안함은 이루 말할 수 없다.

인문학 교육을 받고 그 장소를 찾아 여행하니 참 좋은 기회라 우리 부부가 교육을 신청했다. 또 주관을 하는 평생교육협회에 임원을 맡고 있어 지인들과 함께 할 수 있는 기회다.

문인협회에서 '국립현대미술관 서울관'에 가기로 했다. 행사가 많아서 이번 미술 관람은 안 하려고 했는데, 함께 가자는 총무의 전화를 받았다. 모임의 리더를 했던 나는 행사를 주관하는 사람들의 애로사항을 짐작하기에 참석하기로 했다. 나이 들수록 지인들이 불러 줄 때 열심히 참여하는 것이 인생을 풍부하게 산다는 생각이다. 함께 가자고 할 때 다녀와야지 그렇지 않으면 일에 치여 살게 된다.

국립현대미술관 서울관에 이건희 씨가 기부한 그림 특별전은 작년 7월부터 인터넷 예약하고 관람했다. 신청자가 많아서 내년까지 연장한다는데, 인터넷 예약은 안 받고 현장에서 표를 받아서 입장한다.

평일이라 할 일 없는 나이 든 사람들이 줄 서서 관람할 거란 예상을 뒤엎고 젊은 사람들과 외국인이 섞여 줄 서 있다.

서울 중심에 들어서니 대학 다니던 때가 생각나 감회가 새롭다.

대학 연극수업 한 학기 동안 연극 보러 매주 대학로까지 왔던 기억이 떠오른다. 문예창작학과 다닐 때는 연극, 영화 관람도 하고 문화생활을 적극적으로 해야지 마음먹었는데 현실에 적응하다 보니 먼 나라 이야기처럼 실천이 어려웠다. 빠듯한 삶의 일정에서 문학을 전공한 것이 이렇게 즐기는 삶 속에 산소 역할을 할 줄 몰랐다. 부단히 노력하지 않으면 자기 테두리를 벗어날 수 없다. 다양한 사람을 만나고 시류에 도태되지 않은 방법은 일을 접고라도 적극적으로 참여하는 실천 덕분이다.

미술관에 도착해서 입장권 받고, 전시장까지 두 시간 걸려서 입장할 수 있었다. 특히 박수근 화백의 그림에 눈이 간다. 박수근 화백의 「나목」은 박완서 씨가 소설가로 탄생하게 된 작품의 모티브가 된 제목이다. 그 작품은 일제 강점기에서 한국전쟁으로 이어지는 고달프고 참혹한 시기를 이겨내고 예술가로 꽃피운 박수근에 대한 이야기다.

박완서 작가와 박수근 화가는 미군 부대 PX 초상화부에서 함께 일하면서 인연이 되었다.

미술대학도 나오지 않은 박수근 화백이 당시 유행하는 그림도 따르지 않고 진솔한 소재를 선택, 개성적인 화법을 구사하는 박수근의 작품성을 소설로 써서 알리고 싶었다고 한다. 이 소설을 쓸 때 박완서 작가는 박수근 화가를 주인공으로 생각하고 자료를 취합하기 위해 박수근을 찾아 나선다. 박완서 작가는 박수근의 이야기를 자세히

공부야, 놀자!

듣기 위해 버스를 타고 가다 생각이 달라져서 내렸다고 한다.

'내가 지금까지 박수근 화가의 이야기를 많이 들었는데, 어차피 소설은 허구니까 내가 이야기를 만들자.'는 생각이 들었다. 버스에서 내려 집으로 와서 신춘문예 당선작 봄을 기다리는 「나목」을 집필했다고 한다.

한국 전쟁 때 남한으로 내려온 박수근이 서울 종로 창신동에 살면서 피난민들의 생활을 그렸다고 한다. 박수근이 창신동에 살았던 십 년의 세월이 화가로서 최고 시기였다고 한다. 창신동은 동대문 시장과 가깝다. 서민들이 모여 살고 있었고 한국전쟁 후에는 피난민들도 모여 살았다고 한다.

박완서 작가는 "나는 인간의 선함과 진실함을 그려야 한다는 예술에 대한 평범한 견해를 지니고 있다."는 1950년대와 1960년대 서울의 사회상과 풍경, 서민들의 삶을 그린 박수근 화가의 이야기를 소설로 풀어 나간다.

박수근 화백은 머리에 광주리를 인 이웃 아주머니들의 이야기를 그린 「귀로」를 포함, 폐허가 된 서울에서 강인하게 삶을 이어가는 이웃 사람들의 존경과 사랑, 휴머니티를 그림으로 담아냈다.

대학 다닐 때 소설 작법시간이었다. 내가 졸업 후 한국문인협회 회장을 역임했던 담당 교수님이었다. 소설을 써서 과제물로 제출하고 수업 시간에 발표를 했다. 학우들은 자기 글이 성토당할까 봐 발표를 꺼려했다. 내가 손을 번쩍 들었다.

"교수님 제 소설 읽고 첨삭 지도해 주세요." 교수님은 빙그레 웃으시며 내가 써 간 소설을 읽었다.

"문체가 아주 맛깔나게 잘 썼어요. 그런데 작품을 3개로 나누면 되겠어요. 학생은 어떤 작가를 존경하고 어떤 작품을 쓰고 싶나요?"

"저는 마흔 살 넘어 등단한 박완서 작가의 작품이 좋고 그 작가를 닮고 싶습니다."

"이제부터 자네를 내 수제자로 삼겠네. 다른 곳 눈 돌리지 말고 삼 년만 글을 쓰면 박완서 버금가는 작가가 될 거네."

열 장 소설 분량을 채우기 위해 이것, 저것 이야기를 섞어 놓았다. 야단맞을 각오를 하고 있는 내게 크게 칭찬을 해 주신 교수님의 아량이 두고두고 내가 학생 지도하는 데 지침이 되었다. 평론을 전공한 학과장님과 교수님들은 형편없는 내 글에 아낌없는 칭찬을 자주 하셨다. 교수님들의 기대를 뒤로하고 대학원을 미용학과로 와서 미용학과 교수를 하면서도 마음은 늘 문학에 가 있었다.

어떤 것을 가르치든 배우는 사람의 장점을 찾아 칭찬한다. 부족한 부분은 시간이 지나면서 저절로 깨우치게 된다. 다만 선택하여 배우는 일에서 손을 떼지 않기를 바랄 뿐이다.

세상에는 다양한 나무와 꽃이 있다. 장미, 국화. 코스모스, 채송화처럼 나름대로 고유의 생김과 향이 다르다. 글을 쓰는 데, 자기가 알고 있는 지식과 배우는 속도가 다르고 고유의 맛이 다름을 꽃 종류가 다른 것처럼 인정해 줘야 한다. 예술을 배우는 데 기초는 있어도 기준에 잣대를 대고 재단하면 안 된다. 수강생의 글에서 단어 하나라도 글솜씨가 보이면 대학 시절을 생각하면서 크게 칭찬한다.

그림을 기부해서 무료 관람 기회를 준 이건희 회장님께 감사드린다. 여행, 음악회, 전시회 관람 등 문화생활을 적극적으로 참여해야겠다는 생각을 한 번 더 해 본다.

2
—

함께 먹고살 궁리

가게에서 써야 할 재료가 똑 떨어졌다. 도착 날짜를 넉넉하게 계산해서 인터넷으로 주문했는데, 착오가 생겼다. 도착해야 할 재료가 안 와서 택배가 어디쯤 와 있는지 핸드폰을 눌러 보니 갑자기 엉뚱하게 택배회사 광고가 나온다. '아차! 휴일에 주문해서 결제가 잘 안 되었나 보다.' 결제할 때부터 인터넷 서버가 버벅거리던 생각이 났다. '그럼 물건 주문도 안 들어간 것 아닌가? 재료가 간당간당 남았는데, 주문이 안 들어갔으면 어쩌지.'

월요일이 되기만 노심초사하며 기다렸다. 혹시나 재료가 다른 곳에 조금이라도 있을까 싶어, 창고를 다 뒤져도 하나도 없다. '큰일이네, 아무래도 쉬는 날 재료상을 다녀와야겠다.' 예전에는 재료상에 주문하면 오토바이로 바로 가져왔는데, 요즘은 인터넷으로 구매하느라고 재료상과 거래가 끊겼다. 손님도 드문드문 와서 장사하기도 힘들다. 같은 재료를 되도록 싼값에 구매해야 적자를 면할수 있어서 인터넷으로 구매하기 시작한 지 꽤 되었다. 영세 자영업자들이 재료비, 인건비, 임대료 제하고 알뜰하게 생활해야 생활비정도 떨어진다.

일찍 상가주택을 마련해서 임대료 부담이 없으니 그나마 다행이라는 생각이었다. 고객들이 인터넷으로 물건을 구입하는 것이 대세다. 동네에서 소규모로 자영업하던 사람들이 인건비 부담과 고객 감소로 하나둘 영업을 접고 일당 벌이라도 하겠다고 다른 일을찾아 나선 사람이 많다.

월요일에 주문한 곳으로 연락을 했더니 카드 결제만 되고 주문내역이 없다고 한다. 그러면서 카드 취소해 줄 테니 다시 주문을넣으라고 한다.

'에고, 재료가 하나도 없는데 큰일이네.'

새벽 배송을 해 주는 쿠팡에 급한 물건만 우선 주문하고 당장 필요한 재료를 사러 나섰다. 입춘이 지났는데도 날씨가 무지 춥다. 오리털 파카로 무장을 하고 운동도 할 겸 한 시간 거리를 걸어서재료상으로 향했다. 설마 가게 문 닫은 건 아니겠지? 멀리서 보니가게 안에 불이 켜져 있어서 반가웠다. 재료상 앞에 도착하니 출입문이 잠겨 있고 '배달 중'이라는 팻말이 붙어 있다. 예전에는 점포를 지키는 직원이 있었는데, 사람 구하기도 힘들고 인건비 때문에 직원 없이 영업하는 곳이 많다. 인터넷으로 구매 가능한 물건은 동네에서 취급을 잘 안한다. 그래서 물류와 택배 쪽으로 자영업자들이 몰린다. 그것도 젊고 힘 있는 사람이나 하지, 아무나 할 수 있는 일은 아니다.

점포를 세를 주고 싶어도 팬데믹으로 거리 제한을 해서 번화가도 임대가 안 되어 비어 있는 곳이 많은데, 구석에 있는 점포를 누가 들어올까 싶어 어쩔 수 없이 가게 문을 열고 있다.

가게에 있는 정수기 필터를 교체하러 온 사람이 말했다.

"어제 식당에 필터 교체하는 동안 손님이 한 명도 안 와서 내가 더 미안하더라고요. 국거리 포장을 팔만 원어치 샀더니 식당 주인이 '오늘 개시도 못 했는데 고맙다.'면서 눈물이 글썽글썽하더라고요."

"우리 업종도 좋은 기술을 접고 요양사로 나서고 아르바이트하러 다니는 사람 많아요. 어떤 식당 주인은 월세라도 낸다고 대리운전 하고 이 일 저 일 알바 뛰러 다닌대요. 자영업자들은 거리 제한 풀리기만 기다리며 죽지 못해 버티고 있어요. 그래도 가끔 나라에서 버팀목 자금 같은 거 주니까 큰 힘이 되지요."

"저도 여행업 하다가 코로나 오고 정수기 회사 다녀요. 그때 직업 바꾸기를 잘한 것 같아요."

"그나마 바이러스에 걸려 안 죽으면 다행이라는 생각으로 하루하루를 버티고 있네요."

공부야, 놀자!

바이러스 때문에 고통을 당하는 일이 『나는 풍요로웠고 지구는 달라졌다』에서 의미를 찾는다. 우리가 풍요롭게 살면서 알게 모르게 환경이 나빠지는 원인이 되었다는 것이다. '소 잃고 외양간 고치는 격'이라도 우리는 환경이라는 외양간을 고쳐야 한다. 쓰레기를 버려도 분리수거를 잘하고 일회용 사용을 줄여서 환경을 보호하며 함께 살 궁리를 해야 한다. 물건 구매도 될 수 있으면 가까운 데서 구매하면 황당한 일도 없고 택배비도 절약되고 환경보호도 될 것이다.

성실하게 꾸준히 공부하며 저축하고 살다 보니 어려운 시기가 와도 잘 버틸 수 있는 맷집이 생겼다. 고객이 없는 시간에는 나를 위한 공부도 하고 강의도 하고 글도 쓰고 그림 그리면서 나를 키울 수 있는 시간을 가질 수 있어서 감사한 마음이다.

노후에 심심하지 않으려고 꾸준히 자격증 따며 준비한 것이 팬데믹 시기에 도움이 많이 된다.

절묘한 날

학교 졸업 후 이십여 년 만에 교수님을 모시고 송년 모임 했다. 이런저런 사정으로 미루다 보니 모임이 늦어졌다. 코로나 단계 격상으로 내일부터 송년 모임을 하기가 어려운데, 모임 인원을 제한하는 마지막 날 찬스를 이용, '절묘한 날' 모임을 하게 되었다.

장소 때문에 모이는 날이 두어 번 미뤄지다 보니 오늘이 모임 하는 날인 것도 잊고 편하게 책을 읽고 있었다. 모임 장소까지 가려면 한 시간 정도 걸린다. 지금 출발해야 하는데 큰일 났다. 카톡에 써 있는 약속 장소도 읽을 틈이 없어서 회장에게 급하게 전화를 했다. 핸드폰이 꺼져 있다. 신림동 사는 선배에게 전화를 했다.

"선배님 제가 오늘 모임에 늦을 것 같아요."

"다음 주에 모이는 것 아냐? 그럼 나는 못 가겠네."

"선배님 저도 이제 준비하고 가야 하니 늦더라도 꼭 오세요."

부랴부랴 머리를 감고 드라이로 머리를 말리는데, 선배님 전화가 왔다. 승용차로 갈 거면 함께 가자고 한다. 선배님이 우리 집 올 동안 준비하고 있을 테니 빨리 오라고 했다. 선배님은 내가 얼굴에 화장품도 바르기 전에 도착을 했다. 비비 크림만 대강 바르고 화장품을 들고 차에 올랐다. 눈썹을 대강 쓱쓱 그리고 입술 화장을 마쳤다. 오랜만에 만나는 교수님께 큰 실례를 하는 것 같아서 좀 늦을 것 같다고 문자를 보냈다. 교수님의 전화를 받았다. 약속 시간을 삼십 분 늦게 알았다고 한다. '휴! 다행이다.'

내일부터 거리 제한으로 모임이 어려울 건데, '절묘한 날' 모임을 잡았다는 교수님의 표현대로 각자 절묘하게 시간을 착각하고 조금씩 늦게 도착하는 동문들이 다 왔다. 교수님을 기다리게 하지 않아서 다행이라는 생각이 들었다.

이십 년 만의 모임은 대학 시절로 우리를 회귀시켰다. 각자의 성격대로 개성 있게 잘 살아가고 있는 모습에 감사했다.

학기가 끝날 때마다 꼭 책거리 떡을 해 주셨던 학과장님이셨던 정 많은 안남연 교수님은 여전히 조용하고 아름다우셨다. 제일 연장자인 큰형은 경기도의 전원주택에서 집필하며 잘 살고 계신다. 회사에서 정년을 코앞에 두고 있는 후배도 여전히 활기찬 모습이다. 전공을 살려서 학생들 지도하는 선배님도 존경스럽고 명리학을 취미로 배운다는 선배의 편안한 모습도 좋았다. 이 바람 저 바람에 촐싹거리기 좋아하는 내가 기쁨조가 되어 조개가 거품 뱉어내듯 뽀글뽀글 떠들었다. 훈장처럼 무게 잡고 살아갈 나이가 되었지만, 너무 점잖게만 있으면 꿰다 놓은 보릿자루처럼 모임이 활력이 없다는 생각에 열심히 떠들었다.

바다는 세찬 풍랑이 일어야 바닷속 세상에 산소를 불어 넣듯, 걸림돌을 만나야 매듭이 지어지고 인생 방향이 바뀌게도 된다. 늦깎이로 공부한 시기에는 힘들고 고단했지만 인생의 전환점이 되는 소중한 시간이었다고 입을 모았다.

우리에게 만남의 인연을 만들어 준 고마운 학교, 존경하는 스승님도 인연이 되어서 큰 힘이 되고 있어 감사하는 시간을 가졌다. 은사님은 미용학과 교수를 역임한 나에게 교수님이라고 깍듯하게 호칭했다. 은사님이 그 호칭을 부를 때마다 몸 둘 바를 몰랐다.

"교수님은 저를 교수라고 호칭하지 마세요."
"제자가 자랑스러운 교수가 되었는데 교수님이라 불러 줘야지요?"
"제발 그렇게 부르지 말고 말씀 낮추세요."

여러 번 교수님께 사정한 끝에 동기생들과 같이 선생님 호칭으로 부른다.

지식이 한창 고플 때, 공부한 우리는 늦었다는 생각보다 교수님도 오랜 세월 함께 뵐 수 있고 장점이 많다. 무풍대(Calm Belt)란 바람이 거의 불지 않는 지대이다. 아무 바람도 불지 않는 무풍대의 인생을 살면, 편함보다 산소가 부족한 것처럼 하품 나는 인생을 살 수도 있다. 육십을 넘어서는 무풍의 지대를 벗어나 신선한 바람이 부는 곳으로 전진하자. 모험 가득한 20, 30세대처럼 호기심을 가득 안고 우리들의 활기찬 세상을 만들어 갈 소원을 나누었다.

한참 떠들다 보니 대학에 갓 입학한 것 같은 착각이 들었다. 만날 수 있다는 게 얼마나 감사한 일인지, '오늘이 제일 젊은 날'이라는 말처럼 십 년 후면 모임이 어려워질 수도 있겠다. 몇 시간을 커피숍에서 떠들어도 시간 가는 줄 모르게 은혜가 넘치는 시간이었다.

"삶은 자신을 발견하는 날이 아니라 자신을 창조하는 날"이라는 '버나드 쇼'의 말처럼 오늘의 만남도 절묘하게 '창조하는 날'이 되었다.

4
___

동기생의 고통은
아픔으로 젖어 든다

나이 들며 쌓은 추억이 보석이다. 좋은 나이란 현실에 최선을 다하는 삶에서 찾는다. 늦깎이로 대학을 졸업하고 이십여 년 만남을 이어 오고 있다. 각자 사는 곳이 다르고 생활이 바빠서 만날 때마다 고민은 된다. 나이 들면서 좋은 만남이 살아가는 데 힘이 되고 약이 된다는 것을 깨닫고 열일 제치고 참석을 했다. 가장 연장자인 선배는 아픈 이 치료하느라고 참석을 못 해 아쉬웠다. 나이가 쌓여 갈수록 하루의 건강이 얼마나 감사한지, 자고 일어나면 눈 뜰 수 있다는 것에 감사함을 느낀다.

비슷한 나이의 제자들을 끔찍이 사랑하는 교수님을 만난 것이 인생에 커다란 행운이었다. 순수함 간직한 교수님과의 인연이 늦깎이 학생들에게 큰 행운이라고 대학 시절을 회상했다. 교수님이 사랑으로 내려 주는 따뜻한 마음을 이어받아 나에게 글을 배우는 수강생들에게 전하며 현역으로 살고 있다.

뜻이 있는 일에는 자연의 섭리가 함께한다. 힘든 세월을 이겨 낸 우리 모임에 맑고 고운 날씨도 여행에 한몫했다. 맑은 초가을 품에서 밤하늘 별을 헤아리며 대학생이 된 기분이었다.

엄마같이 푸근한 M 선배는 술 중독 남편의 폭력과 괴롭힘을 피해 대학교를 왔다는 구구절절한 아픔에서 숙연해졌다. 가장의 책임까지 등에 지고 걸어온 길이 핏빛 사연이었다. 그 아픔을 우리가 어떤 말로도 위로해 줄 수 없고, 그 아픔을 듣는 것만으로도 치유의 힘이 생겼다. 공부에 대한 나의 한은 차라리 사치였다. 술 중독 남편을 병원 순례로도 치유하지 못하고 십 년이 넘는 세월, 천주교 기도원으로 데리고 다니며 남편을 치유한 과정도 M 선배만 해낼 수 있는 기가 막히는 고행이었다. 병이 깊어진 남편의 마지막 죽음을 앞두고 가평 천주교 기도원에서 치유의 은혜를 받았다고 한다. 별빛이 남편의 몸으로 쏟아져서 몸이 뜨거워지는 증상을 겪고 남편이 완치되었다는 말에 박수를 치며 승리의 함성을 질렀다.

눈물 얼룩이 마르기 전에 소리 지르며 웃었던 우리들의 광기 어린 행동은 완전 미친 종교 집단의 모습이었다.

K 선배는 열 살 때부터 가장이 되어 엄마 일곱 분을 맞이하며 배다른 동생들을 키웠다는 사연에 경외심을 느꼈다. 부유한 가정에

서 자라 부족함 없이 살아온 줄 알았더니, 사람은 겉으로 보이는 것이 전부가 아니라는 확인을 다시 해 보는 순간이었다. 동기생의 그 눈물, 아픈 세월이 내 가슴에 얹혀 더욱 끈끈한 우정으로 교류되는 귀한 밤이었다. 날이 새는지도 모르고 핏빛 세월의 더께를 토해내며 참으로 유익했던 시간은 말로 표현하기 힘든 순간이었다.

숙소인 가평리조트 근처 반딧불 계곡에서 저녁 바비큐 파티를 했다. 교수님은 그 먼 가평까지 오셔서 우리가 맛있게 먹은 식사비를 내 주고 집으로 가셔야 한다고 했다. 함께 숙식하지 못해서 아쉬웠다. 가는 길에 막힌 교통 때문에 길에서 헤맨다고 하셨는데, 집에 잘 들어가셨을까 걱정되었다. 교수님이 챙겨 준 맛있는 와인을 마시며 숯불고기 파티를 했다. 식사 후 소화도 할 겸, 캄캄한 밤길을 따라 반딧불 찾으러 나섰다. 조그마한 반딧불 하나 발견하면 신기한 보석을 찾아낸 듯 반딧불을 찾았다고 소리를 질렀다. 조그마한 반딧불 하나에 손가락을 가리키며 환호를 지르고 깔깔거리며 맘껏 웃었다.

핸드폰에서 별자리 찾는 앱을 깔고 밤하늘 별을 헤며 큰곰자리, 북두칠성, 사자자리를 찾으며 어린아이처럼 방방 뛰며 한참을 행복에 젖었다. 공부가 좋아서 대학 동기로 모인 우리는 끈끈한 우정으로 깊은 추억의 페이지를 새겼다. 대학을 오게 된 사연을 스토리텔링하며 진하고 두껍게 서로의 가슴에 씨줄 날줄로 추억의 한 페이지로 엮었다. 속마음 토해 낸 귀한 경험이 가슴에 이랑을 만들며 섧도록 마음을 치댄다.

십 년 만에 동창 모임에 합류한 M의 사연을 모두 내 이야기처럼 가슴에 새기며 흐느꼈다. 모두 지난한 세월을 이겨 낸 부분에서 환호했다. 울다가 눈물의 얼룩이 마르기 전에 소리 지르며 웃었던, 광기 어린 우리의 행동이 미친 종교 집단 같다며 또 웃었다. 가평의 반딧불 계곡에 맑은 별빛이 내려와 그곳에 모인 우리에게 아픔을 치유해 주는 신비한 힘이 있었다. 동기생의 눈물, 아픈 세월이 내 가슴에 얹혀 더욱 끈끈한 우정으로 교류되는 귀한 밤이었다. 날이 새는지도 모르고 고난했던 세월의 더께를 토해 내며 유익했던 시간은 또 하나의 추억이 생기는 시간이었다.

차가 막히는 그 먼 궂은 길도 아랑곳하지 않고 교수님은 제자들을 위해 달려와 주셨다. 오랜만에 만나는 소녀 같은 교수님의 사랑의 마음 잊지 못한다. 교수님을 우리가 대접해야 하는데 맛있는 식사 대접을 받고 와인까지 선물로 받았으니 이런 얌체 제자가 없을 것 같다. 이십 년이 넘은 시간도 교수님의 바래지 않은 사랑이 우리 가슴으로 저며 들었다.

대학 문인회 동기들은 이구동성으로 모임을 이끌어 가며 서로 힘을 얻으며 맥을 잇고 있다. 동분서주 뛰어 주는 우리의 마스코트 L의 희생이 더욱 빛나는 순간이었다.

"예술은 지루하고 인생은 아쉽다."라고 한다. 우리는 삶을 예술로 승화시키는 일상을 쓰며 예술을 엮는다. 삶의 지난한 시간을 견디며 인고의 세월을 다이아몬드로 벼리는 동기생들이다. 계속 건

강한 모습으로 오늘을 위안 삼아 효소처럼 삭여 낸 추억의 세월을
글로 하루 한 페이지씩 엮어 가고 있다.

5

기증하는 것도
마음 정리부터

"엄마 적십자 회비를 왜 내요? 그거 안 내도 돼요."
"다른 건 몰라도 적십자 회비는 내야지."

어린이 작은 도서관, 천사무료급식소에 꾸준히 기부를 했다. 필요한 곳이 있으면 능력 되는 대로 기금을 내려고 노력한다. 받고만 자란 세대에게 생활 풍습처럼 이어져 온 기부문화가 이해가 안 될 것이다. 그런 의견이 나올 때마다 이해하기 쉽게 설명을 해 줬다. 우리 세대가 아이들에게 배려하고 살아온 결과가 부모에게 받기만 하는 아이들로 키웠다.

우리 마을은 평야지대라 농토가 많아서 풍년이 들 때는 알토란같은 부자 동네라고 이웃 마을이 부러워했다. 아무리 농사를 많이 짓고 있어도 홍수와 가뭄으로 마을 사람들이 시기적으로 생활이 빈곤해지는 것은 막을 수 없었다. 어릴 때 우리 마을은 해마다 홍수가 나서 먹을거리가 하나도 없이 물살에 싹 쓸려 갔다. 동네가 홍수로 고립되면 지붕 꼭대기에 올라가서 헬리콥터가 구조해 줄 때까지 생쌀을 먹어 가며 목숨을 유지한 적도 있었다. 구호단체에서 주는 옥수수, 보리, 쌀, 등 먹을거리를 배급을 받아서 끼니를 때웠다. 홍수가 마을을 한바탕 휘젓고 가면, 먹을거리가 없어서 쫄쫄 굶으면서도 동네 사람이 안 죽고 살아남은 것에 감사할 뿐이었다.

옷과 식량이 구호품으로 왔다. 마당에 무더기를 쳐 놓은 옷을 가져다 동네 사람들이 서로 맞는 옷은 바꿔 입었다. 아마도 적십자회 같은 구호단체에서 구호품을 나눠 준 것 같았다. 그래서 기부에 대한 마음이 남다르다.

대학 후배가 아파트 평수를 줄여서 이사를 한다면서 이천 오백 권 정도 되는 책을 책장과 함께 기부하고 싶다는 글을 카톡에 올렸다. 문학을 전공한 나는 전화번호 책도 쉽게 버리지 못한다. 컴퓨터로 글을 쓰는 시대에도 빈 노트도 아까워서 못 버린다. 절대 가난의 시대를 살아오면서 습관처럼 절약이 몸에 밴 것이다.

책을 가져갈 때 화물차와 인부를 두 명을 불러 한꺼번에 가져가라고 명령하듯 카톡에 올렸다. 책장도 유명회사 것이니 전문기사를 불러 조립을 해체하고 또 새로 설치할 때에도 전문기사가 불러서 조립을 하라고 했다. 무료로 가져오는 것도 좋지만 시기에 맞춰 이리저리 옮겨 주다 보면 일거리가 많고 배보다 배꼽이 더 크게 생겼다. 후배의 책이 꼭 필요할 곳으로 기증되었으면 하는 생각에 이리저리 기부할 곳에 연락을 했다. 평생교육협회에서 작은 도서관을 했는데, 도서관을 반납하면 책장이 비어 있을 것 같았다. 협회 회장님께 책을 가져다 놓는 게 어떠냐고 연락을 했다. 다른 도서관에서 책을 아직 안 가져가서 놓아둘 자리가 없다며 곤란해했다.

우리 집도 아들이 이사 나가면 인문학 책을 조금 가져다 놓으면 좋겠다는 생각을 했다. 인문학, 철학 서적만 우선 먼저 가져오고 싶다고 카톡에 올렸다. 책장과 나머지 책은 아들이 사는 넓은 아파트로 우선 가져다 놓을 생각이라고 말했다. 후배에게 이튿날 카톡이 왔다.

"역사, 광고, 리더십, 인문학, 커뮤니케이션, 경영, 경제 등 다양한 분야 책이라 어느 한 분야만 책을 빼면 의미가 없어요. 만약 개인이 가져간다면 유료로 받아야죠."

북 카페 개설하는 곳에 한꺼번에 전부 기증하고 싶다고 했다. 애정 쏟은 물건은 쉽게 해결을 못 하고 요동치는 후배의 마음이 이해가 갔다.

결혼 후 처음으로 아이 태교를 위해 거금을 들여서 클래식 시디와 엘피판까지 갖춘 전축을 샀다. 엘피판이 시디에 밀려 일부러 찾지 않으면 구매가 어려운 때였다. 가전제품 매장에서 비싼 엘피판 전축까지 특별히 주문을 해서 구입했다.

바쁘게 살다 보니 분위기 있게 음악 감상할 겨를이 없었다. 클래식 감상하며 우아하게 살고 싶어서 구입한 전축은 비닐도 벗기지 못한 채 자리만 차지하고 있었다. "아끼다 똥 된다."더니 우리 집 전축이 그랬다. 전축을 치우고 책을 채워 넣고 싶었다. 클래식을 들으려고 구매한 전축이 짐으로 느껴졌다.

전축을 교차로에 무료 기증한다고 올렸다.

'엘피 음악을 좋아하는 음악 애호가가 가져가서 유용하게 사용했으면 좋겠다.'

바로 이튿날 행색이 초라한 사람이 전축을 가지러 왔다. '전축을 다른 사람에게 줬다.'고 거짓말하고 되돌려 보내고 싶었다. 행색이 클래식 감상 취미는커녕, 끼니도 못 챙겨 먹고살 것 같았다. 전축을 꼭 중고로 꼭 팔아먹을 것 같은 예감이 들었다. 전축을 소중하게 아낀 만큼 음악 애호가가 아끼면서 사용하기 바랐는데, 어쩔 수 없이 보따리에 여러 개 싸 주면서도 '내 새끼 잘못 보내는가.' 싶어 아깝고 마음이 아프고 짠했다.

오래전부터 치우려고 마음먹었어도 마음 깊이 아끼던 전축과 이별 연습이 덜 되었던 것이었다. 지금도 5060 노래나 클래식 음악을 들을 때는 엘피판까지 갖췄던 그 전축과 시디가 가끔 생각난다. 그래서 쉽게 책을 주지 못하는 후배의 마음이 이해가 된다. 미니멀 생활이 유행하니 기부문화가 번지고 있다. 무슨 물건이든 기부받은 사람은 주인보다 더 아끼며 소중하게 사용했으면 하는 바람이다.

제7장

힘들고 고달픈 시기,
나를 숙성시키는 시간

1

한 장의 영수증에는
발목을 잡는
쇠사슬 있다

『슬픔을 공부하는 슬픔』에 "인간은 무엇에서건 배우기 때문에 수필을 통해서도 배울 것이다. 자신의 실패와 좌절과 오류를 통해서 철저하게 터득하면서 변하기 시작한다.", p176

　부딪히는 사람 관계에서 깨알같이 써 있는 계약서를 꼼꼼하게 읽고 처리해야 한다. 아무리 가까워도 정에 의해 쉽게 계약서에 서명을 안 하는 사람들은 주로 지식인이고 이런 일에 더 구체적으로 대응을 하는 사람은 경험에서 깨달은 게 많은 사람이다. 보통은 내 맘처럼 사람을 속이지 않을 것이라고 믿었다가 전 재산을 날리거나 소송까지 휘말리는 것이다.

　사백여 명의 여성단체장을 하면서 사무장을 믿은 내 경우가 그랬다. 개인의 비밀스러운 부분까지 공유하는 비서나 국회의원 보좌관들이 등을 돌릴 때 주인공의 멱줄을 쥐고 있는 것처럼 한 장의 영수증을 협박용으로 사용한다. 아니 서류를 위조해서 범죄용으로 둔갑을 시킨다. 소문으로만 그 사람을 끌어내리는 게 아니다. 그럴듯하게 증명서를 꾸며서 겁도 없이 법까지 농락하려 한다.

오 년 전 개인 협회비를 협회 공금으로 지출했다고 서류를 꾸며서 경찰서에 고발했다. 후임 단체장은 총회 때 마이크 들고 협회 공금 가져다 쓴 도둑으로 나를 몰아서 대대적으로 떠들었다. 회장 후보 지적한 내용을 삼백여 명의 회원들 앞에서 PPT를 띄워 놓고 무당 푸닥거리하듯 발을 동동 구르며 악을 써 댔다. 시끄러운 게 싫은 회원이 말했다.

"고발했다면서 잘잘못은 법원에서 따지고 총회나 진행하세요."

회장은 그 많은 회원들을 붙들어 놓고 회원이야 괴롭든 말든 자기 할 말을 다 하겠다는 듯 계속 마이크에 대고 독기를 쏟았다. 그냥 보기 아까울 정도로 사나운 셰퍼드처럼 짖어 대며 방방 뛰는 모습을 보니, 신기 들린 무당이 굿을 해도 저렇게 잘 뛰지 못하겠다는 생각이 들었다.

경찰은 대질 심문에서 내 주장보다 고발자들 말만 믿고 횡령 혐의 있다는 결론을 내렸다. 나는 협회 돈 횡령한 적 없으니 처음 고발한 금액에서 취소한 금액까지 다시 수사해 달라고 탄원서를 검찰로 보냈다.

총회를 하면서 차기 단체장 선거를 한다. 후보 K를 회장 출마 막으려고 회원 제명까지 시키면서 갖은 수법을 다 썼다. 전임인 내가 뒤에서 당선되도록 도와준다고 K에게서 떨어져 나가지 않으면 횡령 혐의로 나를 고발하겠다고 했다. 나는 후보 K를 도와준 적도 없고 협회 공금 도둑질한 적 없으니 고발하라고 했다. 자신들의 협박이 안 통하자 서류를 꾸며서 소송을 했다.

소송 건이 검찰로 넘어가서 대질 심문을 하려고 사무장하고 나란히 앉아 있었다. 왜 오 년 전 일을 이제야 고발을 하냐고 묻자, 사무장은 회장인 내가 말 안 들으면 가만두지 않겠다고 협박했다고 눈 하나 깜짝 안 하고 거짓말을 했다.

"이말 저말 만들어 내고 서류도 꾸며서 내는 사람이 뭔 말을 못 꾸밀까 싶어 상대하기도 싫었다."

대질 심문을 듣고 있던 검찰이 말했다.

"창피하지도 않아요. 누가 이런 일을 고발을 합니까?"

"창피해 죽겠습니다. 고발을 결정한 후임 단체장이 대질 심문 참석해야지요? 얼마나 할 말 없으면 사무장을 보냅니까?"

경찰에 고발할 사안인지 협회에서 다룰 사안인지 구별도 못 하고 자기 이익에 의해 움직이는 사무장 말에 휘둘리는 ○○집단의 무지가 정말 창피했다. 고발했던 내 후임 단체장이 검사님께 심하게 야단맞았다고 들었다. 후임은 공전절후(空前絶後)한 인간이었다. 내가 협회 일할 때 사무장을 한 번이라도 협박했거나 협회 공금을 개인 비용으로 썼으면 정말 큰 벌을 받을 일이다.

제품을 속여 가며 손님에게 바가지를 씌우는 사람도 벌을 받는다는 것을 알기 때문에 정직하게 살고 있다. 남을 음해해서 못된 짓을 일삼는 사람들은 어떤 식으로든 신에게 큰 벌을 받을 것이라 믿는다. 전해 들은 말에 확인도 없이 나쁜 소문을 내거나 전달하면 크게 벌 받는다. 선거에 출마한 정치인에 대해서도 마찬가지다.

협회 단체장하면서 내 일을 제쳐 두고 원도 한도 없이 최선을 다해 새벽 1시까지 회원들 교육시키고 봉사했다. 개인적으로 따지면 경제적으로나 정신적으로 손실이 가장 컸던 시기다. 일일이 열거할 수 없지만 내가 맡은 일에 최선을 다했기에 교육 붐을 일으킨 부분은 흐뭇하고 협회비를 많이 저축해 놓았던 부분에서 떳떳하다.

내 뒤로 후기 회장이 바뀌자 전임에게 시달렸던 나는 협회 일에 잔소리를 안 하는 게 후임을 도와주는 것이라 생각하고 소송 사건이 일어나기 전까지 협회 일에 한마디 의견도 안 내고 삼 년 동안 협회 사무실을 안 갔다.

지금 생각하니 시어머니가 며느리 간섭하는 것도 시어머니의 역할을 해야만 했던 것이다. 나도 고문 역할을 했어야 하나 보다. 고문 역할 안 한 대가를 이렇게 받는구나 싶었다.

단체장을 하면서 인간관계에서 깨달은 것이 많아 나이 들면서 살기가 훨씬 편하다. 리더를 하고 나니 봉사를 하더라도 절대 앞장서는 일은 안 하고 싶다.

친목 모임에서 회장을 맡고 있다. 여행 갈 때 리더인 내가 뭐든 계약하고 해결해야 한다. 중국 태항산 여행 때 보이차를 단체로 사게 되었다. 다른 관광지보다 맛도 좋고 가격이 저렴해서 단체로 구입했다. 보이차를 구입했던 일행이 더 사고 싶다고 했다. 관광버스가 보이차 판매했던 상점을 떠나왔기에 가이드에게 보이차를 더 살 수 없는지 물어보고 있는데, 친구가 자꾸 말을 걸었다. 나는 가이드와 대화를 끊을 수 없었다. 친구에게 일행들이 구경 가는 데 놓치지 말고 빨리 따라가라고 친구를 떠밀었다. 친구는 일행을 따라가지 않고 가이드와 대화하는 데 자꾸 참견하려고 했다. 친구가 관광할 곳을 놓칠까 봐 일행을 빨리 쫓아가라고 재차 떠밀었다. 나중에 친구는 그 부분에서 내가 가이드와 대화를 못 듣게 자꾸 쫓아보내는 것으로 알고 이상하게 생각했단다. 보이차 사는 데 이익금을 먹으려고 자기를 가라고 떠미는 줄 알았다고 오해해서 미안하다고 말했다. 단체로 보이차를 구입했으니 회장은 보이차를 공짜로 얻은 줄 알았다고 한다. 외국이라 추가로 구입하면서 계산에 착오가 없게 먼저 구입한 내 영수증과 비교해 주니 그때 오해가 풀렸다고 한다. 사십 년 지기 친한 친구도 그렇게 오해를 하니, 기가 막힐 일이었다. 리더를 안 하는 게 신상에 이롭지, 내 돈 써 가며 신경 쓰고 이유 없이 욕 얻어먹고 오해 살 일이 무엇인가. 회사나 관공서에 이력서 내면 왜 단체장을 우대해 주는지 이해가 되었다.

리더는 돈과 관련된 부분으로 오해가 많다. 이해를 시키려고 해도 자기 고집대로 오해를 하면 "소귀에 경 읽기"로 더 이상 설득하면서 힘 빼기 싫어서 입을 다물게 된다. 자기가 오해했다는 것을

알아도 미안하다는 사과 한번 없이 '아니면 말고'식으로 나쁜 소문
으로 끌어내리려고 한다.

사람의 나쁜 습관은 몇 생을 환생해도 고치기 어렵다고 한다. 이
타심이 없이 남 헐뜯기 좋아하는 사람을 걸러 내는 혜안이 생겨서
한때의 아픔이 살아가는 데 커다란 나침반 역할을 하고 있다.

2
———

귀신 씻나락
까먹는 시대

코로나 예방을 위해 '화이자' 주사를 맞았다. 이튿날 아무렇지 않아서 모임하는 카톡 방에 자랑했다.

그 후 보름을 무기력증과 어깨 통증으로 병원 세 곳을 순례하면서 아플 만큼 아프고 안 죽었다. 코로나 예방주사가 저승길 예방주사 될 뻔했다. 나잇대별로 코로나 예방주사 예약을 하라고 방송에서 떠들었다. '아스트라제네카' 약값이 제일 싸다니 왠지 믿음이 안 가 화이자로 맞고 싶었다. 시간이 지나면 아스트라제네카가 다 소진되겠지. 기다렸다가 화이자로 예방주사를 맞자고 남편과 합의를 했다. 가까운 내과에 등록해 놓고 우리의 예측처럼 화이자로 코로나 예방주사를 맞았다.

공부야, 놀자!

예방 접종 후 이틀째 되는 날 오후였다. 한참 일을 하고 있는데, 기운이 너무 없고 쓰러질 것 같고 갑자기 아무 일도 하기 싫었다. 기운이 없어서 일하다 말고 바로 누웠다. 자세한 증세를 보건소에 문자 보냈다. 이튿날 전화가 왔다. 보건소 직원과 통화하면서 그 증세가 '무기력증'이란 걸 알았다. 아무리 아파도 2차 백신을 맞으라고 한다.

"주사 맞다 안 죽겠지요?" 전화기 너머로 웃음소리가 들린다. 날이 갈수록 어깨가 아팠다. 주사는 왼쪽에 맞는데, 오른쪽 팔이 쑥쑥 아리고 심하게 아프다. 평소에 건강치 못한 곳이 아프다더니 그런 것 같다. 힘이 빠지고 오른쪽 어깨는 빠질 듯하고 내 팔이 아닌 것 같다. 한의원에 가서 침을 맞아도 그때뿐이었다. 백신 맞았던 동네 의원에 가서 어깨 통증을 말하고 일주일분 약을 처방받아서 먹었다. 약을 가짜로 처방했는지 낫지 않는다. 약국에서 팔 아픈 증상을 말하고 근육통약 이 주일분 사 먹었다. 근육 통증은 덜해도 팔은 쑥쑥 아린다. 꾹꾹 눌러 참다가 통증클리닉 가서 주사를 맞았다. 삼 일 후에 오라는 것을 너무 아프고 참기 힘들어서 이틀 만에 갔다. 간호사가 주사 자주 맞으면 안 된다고 일주일에 두 번만 맞으라고 한다. 통증클리닉 주사 맞으니 통증을 마취시킨 듯 아프지 않고 살 것 같다.

병원을 네 군데를 다니면서 치료했다. 의사 선생님께 너무 고통스러워서 코로나 2차는 안 맞고 싶다니까 실보다 득이 많다고 그래도 맞으라고 한다. 폐렴, 대상포진, 파상풍 등, 예방주사는 맞는 게 좋다고 한다. 암이나 중대한 수술을 할 경우에 예방주사를 맞은 사람은 그 질환으로 인한 수술 지연을 막을 수 있다고 한다.

거리 두기 4단계에서 2차까지 접종하고 이 주 지난 사람은 사람 수에 포함 안 한다고 한다. 코로나 주사를 맞아야 사람 취급받는 세상이 되었다. 코로나 예방주사 맞고, 견뎌 낼 만큼 아프고 죽지 않고 살았다. 팬데믹 시대 보이지 않은 바이러스가 명줄을 쥐고 흔든다.

인간들이여! 제발, 잘난 척하지 마라. '귀신 씻나락 까먹는 시대'다.

2차 화이자 백신은 공급 물량이 달려 이 주 더 연기되어 사 주 후로 예약되었다. 아픈 팔이 겨우 자리 잡아 가는데, 겁이 났다. 강의 두 타임과 명절까지 끼어 있어서 더 걱정이다. 한 주 뒤로 미루고 싶다고 병원에 전화를 했다. 화이자는 이 주를 미루게 된다고 한다. 1차를 맞고 2차와 간격이 멀면 효과가 없다고 제때 맞으러 오라고 한다. 어쩔 수 없다. 주사 맞기 삼 일 전부터 근육통약을 먹고 주사를 맞으러 갔다. 이틀 동안은 마약을 먹은 듯 붕 뜬 기분에 컨디션도 좋고 안 아프다.

'제발. 무탈하게 지나갔으면.' 이번에는 안 아플 것 같다고 생각했는데, 삼 일부터 목에 수도꼭지 달아 놓은 듯 땀이 흐른다. 머리가 아프고 갑자기 오른쪽 골반이 움직일 수 없이 아프고 통증이 왔다. 어기적어기적 기다시피 한의원에 가서 물리치료 받고 침 맞고 왔다. 내일 강의가 두 건에 점심때는 문학 모임에서 책 냈다고 출판기념회 해 준다는데 큰 걱정이다. 침 맞고 와서 무조건 드러누워 버렸다.

　회장님께 코로나 예방주사 부작용으로 강의를 못 할지도 모르겠다고 전화를 하면서 수지침 '압봉'을 골반 아픈 부위에 붙여도 되냐고 물었다. 주사 맞은 곳에 붙이라고 한다. 면역에 좋다는 '건강식품'을 아침, 저녁으로 먹고 근육통 약을 먹었다. 골반 침 맞은 곳에 '봉'을 다닥다닥 붙였다. 별거 아닌 거 같은 압봉 효과를 벌에 쏘였을 때도 붙이고 효과를 보았다. 걱정을 하며 내일 제발 무사하기를 기도하며 잠이 들었다. 다행히 이튿날 언제 아팠냐는 듯 멀쩡했다. 코로나 예방주사 부작용으로 병원에 누워 있고, 죽는 사람도 많다고 한다. 나는 '이만하기 다행이다.'라는 생각이 들었다. 큰 숙제를 끝내고 인간계에서 격상한 듯 감사의 기도를 했다.

　사이버로 보이지 않은 손이 세상을 움직인다. 바이러스가 인간을 숙주 삼아 세상을 정복하려나 보다.

　'귀신 씻나락 까먹는 시대다.'

'경로 우대'를
완장차고 다니는
사람들

오 년 전 겸임교수로 대학 강의를 다닐 때였다. 주 9시수 강의를 하루에 몰아서 했다. 학과장님이 먼 거리에서 출, 퇴근하는 겸임교수들에게 하루만 학교에 와서 강의를 할 수 있게 수업 시간을 배려했다. 학교 강의는 하루에 한 과목을 수업하나 세 과목을 수업하나 오고 가는 시간이 있어서 하루가 걸리는 건 마찬가지였다. 그래서 아무리 피곤해도 하루에 세 과목 강의를 몰아서 하는 것을 교수들이 선호한다. 강의가 있는 전날은 일찍 잠자리에 든다. 강의 당일 새벽 5시에 일어나 출근했다가 끝나고 집에 오면 밤 9시다. 하루 열여덟 시간을 서서 보낸다. 집에 올 때는 전철 바닥에라도 앉아서 오고 싶을 정도로 다리가 아프고 지쳐 있다.

내가 일을 하고 있으니 주로 쉬는 날 강의했다. 십여 년 쉬는 날 없이 가게 운영, 학교 강의, 여성단체장 일까지 겸하면서 새벽 1시까지 회원들 교육도 하고, 날마다 피로에 절어 있었다.

쉬는 날도 없이 어떻게 뛰어다니냐고, 대단한 체력이라고 지인들이 혀를 내둘렀다. 나는 체력보다 정신력으로 버텼다. 갑자기 다리에 쥐가 나서 강의를 할 수 없을 때는 수지침을 들고 화장실로 가서 응급조치를 했다. '누죽걸산', 걸으면 살고 누우면 죽는다는 말을 되새기면서 쓰러질 때까지 버티자는 각오로 다리를 질질 끌고 걸어 다니기도 했다. 건강이 안 좋은 상태를 보이면 입에 오르내릴까 봐 무지 신경을 썼다. 다리가 아파도 절뚝거리며 걷는 모습을 안 보이려고 사람이 지나갈 때까지 다리를 주무르며 앉아 있기도 했다.

십여 년을 정신없이 뛰어다녔더니 피로가 누적되어 길에서 쓰러질지도 모른다는 생각이 들었다.

여느 날과 다름없이 학교 강의를 끝내고 집으로 오는 전철을 탔다. 경로석이 비어 있으면 눈치 보지 않고 앉아서 왔다. 두 정거장쯤 지나서였다. 60대 중반쯤 보이는 할머니가 전철을 타더니 내 옆으로 온다. 나는 감았던 눈을 살며시 뜨고 할머니의 차림새를 보았다. 명품 가방에 고급 옷을 입고 있는 것으로 보아 가난한 사람 같지는 않았고 정정해 보였다. 나는 살며시 떴던 눈을 감고 모른 체했다.

아홉 시간을 강의했더니 몸살기가 있고 전철 바닥에라도 앉고 싶을 정도로 다리가 아프고 지쳐 있었다. 전철을 타고 경로석에 앉았으니까 어른에게 양보해야 하는 것을 알면서도 몸이 말을 듣지 않아서 일어서지 못했다. 금방 전철에 탄 멋쟁이 할머니가 나를 향해 말했다.

"젊은것들이 양보할 생각은 안 하고 자는 척하고 있네. 여기가 경로석 아냐? 왜 자리를 안 비켜 줘?"

너무 큰 소리에 눈을 떠 보니 전철 안 사람들이 경멸하는 눈빛으로 나를 쏘아보고 있었다. 경로석을 어른에게 양보하지 않았다고 내가 죄인이 될 이유는 없었다. 가만히 있으면 더 할 것 같아, 격앙된 목소리로 대꾸했다.

"할머니, 여기는 나이 많은 어른들 전용 자리가 아니에요. 아픈 사람도 앉아서 가는 자리에요."

마음이 편치 않았던 나는 큰 소리로 말하면서 할머니를 노려봤다. 할머니는 머쓱해 하면서 내 눈을 피했다. 전철 안의 사람들이 멋을 잔뜩 낸 할머니와 나를 번갈아 쏘아봤다. 큰소리로 대꾸는 했지만 쏘아보는 눈빛에 시선을 어디다 둬야 할지 난감했다. 할머니는 다음 역에서 내렸다.

나도 무안해서 사당역에서 내렸다. 사당에서 버스를 타면 안양까지 앉아 갈 수 있다. 사당역에서 안양 가는 방향에 줄을 섰다. 사람 많은 사당역에서 S여대 교학처에 있던 직원과 만났다.

"교수님 어느 학교 강의 다니세요? 제가 강의할 학교 알아봐 줄까요?"

"괜찮아요. 겸임교수라 다른 학교 강의 안 하려고요."

그 직원에게 피로에 절은 모습을 들킨 것 같아 무안했다. 우리 집 방향 버스가 오자 잽싸게 올랐다. 버스 중간쯤 자리를 잡고 앉았다. 서 있는 사람도 없고 빈자리 없이 버스는 출발했다. 사당역에서 안양까지 정차 거리가 꽤 된다. 잠깐 눈을 붙였다. 과천에서 칠십 살 정도 된 할아버지가 버스에 올라오자마자 소리를 질렀다.

"젊은것들이 노인에게 자리도 안 비켜? 막돼먹은 놈들!"

노인은 빚쟁이 닦달하듯 자리 내놓으라고 버스 안에서 고래고래 소리를 질렀다. 좌석에 앉은 사람들은 노인이 떠들거나 말거나 눈을 감고 있었고 아무도 안 일어났다.

'버스를 전세 냈나. 좌석에 앉으려면 택시 타면 되지. 대중교통 좌석이 노인 전용이라고 차비를 더 내나?' 사당역에서 좌석에 앉으려고 줄 서서 기다린 사람들인데, 자리를 양보하겠는가. 자리를 비키라고 핏대를 세우며 세 정거장 지날 때까지 소리를 지른다. 버스에 탄 승객들은 눈을 감고 들은 척도 안 했다. 그 노인은 아무도 대답 안 하자, "에잇! 싸가지 없는 놈들." 고래고래 소리 지르며 버스에서 내렸다.

전철이나 버스에 탄 젊은이들이 손잡이를 잡고 서서 피로를 이기려고 안간힘을 쓰는 모습을 보면 안쓰럽다. 두 손에 손잡이 잡고 쓰러질 듯 다리가 푹푹 꺾이며 매달려 있는 청년이 내 아들, 손주라는 생각이 들어서 참 미안하다.

'경로 우대가 권력은 아니다.' 공공시설에서 어른이라고 우대를 요구할 자격증은 없다. 급한 일이 아니면 복잡한 시간대를 피해 대중교통을 이용해 주는 슬기로운 어른의 역할이 필요하다.

불협화음이
나를 키운다

중년에 들어선 사람들의 큰 고민은 아이들 문제이다. 또 퇴직 후 무엇을 하고 살 것인가, 금전적으로 노후가 안전한가, 걱정과 고민하는 문제가 크다. 사십 고개를 넘어가는 아이들 문제로 대화하다 오랫동안 친했던 이웃과 소원해지게 되었다.

인생을 살면서 목표도 수시로 수정되듯, 어떻게 사는 것이 잘 사는 것인지 정답이 따로 있는 게 아니다. 하지만 근사치는 있다. 그것은 이타심을 갖고 건전하고 의미 있는 삶을 사는 것이다.

육십 이후를 왜 사회에서 노인이라고 하는가? 이런 사회적인 맥락을 바꿔야 한다. 온갖 사물은 시시각각 변하고 한곳에 머물지 않는다. 망설이다 보면 기회는 지나가 버린다. 늘 현실을 깨닫고 지나가는 순간을 공부해야 한다. '꽃 필 때도 한철, 단풍도 한철'이다. 지혜 있는 사람은 끊임없이 공부하며 도전한다.

　나이 상관없이 성실하게 일하는 사람이 건강하게 산다. 오십, 육십, 칠십의 고개를 넘으면서 생사를 논할 만큼 건강에 문제가 생긴다고 한다. 나도 오십, 육십을 넘기면서 건강 상태가 급격하게 나빠지는 변화를 체험했다. 오십에는 갱년기가 시작되며 온몸에 진액이 빠져나가는 체험을 하며 조금은 가볍게 넘어갔다. 육십을 들어서면서 생사를 넘나들 정도로 아팠다. 공부를 꾸준히 하고 있던 나는 신선한 채소로 요리를 해 먹었다. 건강에 관련된 책을 섭렵하고 인터넷 정보와 건강에 관한 밴드방 가입해서 대체의학을 공부하며 실천했다. 성공한 사람들의 경험을 따라서 간에 좋다는 건강식품은 다 챙겨 먹으며 육십 고개를 죽지 않고 넘었다. 어른들 말로는 칠십, 팔십 고개를 넘으면서 또 심하게 아픈 고비가 온다고 한다. 팔순에 접어들면 치매만 안 걸리고 남의 손을 빌리지 않고 생활할 수 있으면 건강한 것이다. 주위 사람들을 보니 건강관리 잘해도 팔순이 넘으면 병원을 끼고 살아야 안심이 될 정도다. 칠십 이후에는 암이 걸려도 노화로 봐야 하며 수술은 잘 생각해서 하라고 한다.
　50대 후반의 조카라 암 4기라고 해서 전화를 했다.

　"이모 왜 내게 이런 일이 생기는지 엄마보다 더 빨리 죽게 생겼어요. 억울해서 남편도, 딸도 직장을 그만두라고 했어요."

"암 밴드방 가입해서 경험 있는 사람들에게 도움받고 항암 치료를 하더라도 염증에 좋은 건강식품을 찾아서 먹어라."

"간이 안 좋아서 한약도 건강식품도 함부로 못 먹어요."

"암 때문에 곧 죽는다며 이래 죽으라 저래 죽으나 마찬가지니 건강해지는 식품이라도 먹어 보고 죽을 생각해요."

고맙다고 전화를 끊었지만 습관을 하루아침에 바꾸지 못한다. 마음의 병이라고 한다. 통증도 없는데 일도 안 하고 멍하니 있으면 암세포가 더 달려든다. 두 군데 암이 있어도 직장 일하며 열심히 사는 사람이 있다. 이런 사람이 암도 잘 이겨 낸다.

매스컴에서 칠십 이상의 사람들에게 40대의 모습을 유지하고 활동하라고 실험했다. 40대처럼 활기차게 행동하니 활력이 생기고 건강해졌다는 것이다. 나이가 건강을 해치는 게 아니라 늙었다는 생각을 지레 먹고 노인을 자처하는 것이 문제다. 바쁘게 살다 보니 내 나이를 잊고 산다. 늘 하던 습관대로 날마다 아침에 한 시간씩 출근 전에 둘레 길을 걷는다. 마음이 40대에 머물러 있고 건강을 지키려는 의지와 공부하면서 배운 것을 실천하는 것이 젊음을 유지하는 비결이다. 젊게 살려면 젊은이들 틈에서 공부하는 게 좋다. 공부를 계속하던 사람은 젊은이들과 섞여도 이질감이 안 든다.

선현들의 좋은 경험을 답습하면서 건강하게 사는 법을 공부하며 깨닫고 실천한다. 몇십 년 친하게 지내던 사람이 작은 오해로 하루아침에 등을 돌리는 경우가 있었다. 친할수록 상대에 대한 기대감으로 조언을 구하고 내가 원하지 않은 답을 들으면 바로 등을 돌린다. 겉으로는 친한 것 같아도 정신적인 키 높이가 다르면 가벼운 이야기만 나누는 게 좋다. 그 이상을 말하면 그 이하를 겪는다. 오해하고 있는 사람과 꼬인 선을 빨리 풀려고 하지 않는 게 좋다. 엉킨 심사가 더 꼬여서 이번에는 당신을 향해 분풀이를 시작한다. 이 사람 저 사람 찾아다니며 갖은 소문에 휘둘려 사는 사람은 피하는 게 좋다. 그냥 아는 당신도 잘 아는 관계로 왜곡시켜 안 좋은 소문을 만든다.

해로운 사람을 찾는 법은 쉽다. 해로운 것을 좋아하는 사람끼리 뭉쳐 다닌다. 해로운 삶을 개선하려고 하지 않고 황사처럼 뭉쳐 다니며 나쁜 먼지를 날리고 산다. 유유상종이다. 탁한 기운이 강한 사람이 맑은 기운을 가진 사람과 끝까지 함께하기 힘들다. 잘못된 인연은 말투 하나에도 쉽게 멀어진다.

『삶을 바꾸는 책 읽기』, p92 "자신을 충분히 존중하지 못하는 사람일수록 사랑과 위로를 찾게 되지만, 그런 사람은 막상 사랑과 위로가 쏟아져 내려도 진심으로 받아들이지 못한다. 이런 사람들은 자신을 존중할 방법을 찾아야 한다."

자존감 부족한 사람과는 오해로 낭비할 시간에 상대가 오해를 풀도록 기다려 주는 게 좋다는 생각이다. 인생 공부는 우리가 생활하며 부딪히는 곳곳에 있다. 일과 배움에 빠져 있는 사람이 젊고 건강하게 산다. 자기가 살아온 삶의 노하우를 글로 쓰며 마음 그릇을 키우는 게 좋다.

공부야, 놀자!

초등학교에서 강의를 하면서 느꼈다. 요즘 아이들은 우리 세대와 다르게 풍부한 세상에서 지식을 습득한다. 아이들은 우리가 상상 못 할 정도로 똑똑하다. 이에 반해 어른들은 공부를 멀리한다. 무지하면 누구에게든 이용당할 수 있다. 대학 공부도 유효기간 이 년이라고 한다. 지금은 사이버 세상을 배우지 않으면 인생을 크게 낭비할 수도 있다. 지상, 가상공간, 우주, 세 개의 공간에서 생활하려면 부지런히 삶을 업그레이드해야 한다. 공부하는 지식의 바다에 나를 노출하여 배움에 대한 호기심을 충족하기 위해 공부를 멈추지 않아야 한다.

타인의 도움을 권리로 생각하면 일생 독버섯을 먹게 된다. 내가 할 수 있는 일은 할 수 있을 때까지 찾아서 해야 한다. 건강도 그렇고 내가 사는 것도 스스로 해결할 수 있을 때까지 노력하려고 한다. 자원봉사든 소일거리든 움직일 수 있을 때까지 할 것이다.

'백 년을 사는 나무는 바람에 맞서지 않아야 곧게 자란다.'

매달린 얇은 잎 하나도 버거워 하나둘씩 내려놓으며 청춘을 불사르고 나이 들며 거목이 되었다.

쇠약한 몸뚱이로 이슬 맞기도 버겁다. 옹이 빠진 몸처럼 바람이 들고 나이테 하나에 지혜를 두르고 있다. 자연처럼 모든 것을 내려놓을 연습을 하면서 떠날 시간을 경건하게 받아들여야 한다.

일생을 살면서 깨달은 것을 자서전을 쓰고 세상에 지혜를 남기고 가자고 강력히 권유한다.

5

양심 스크류바
지인

'시기, 질투와 열등감이 있는 사람과 가까이하면 폭탄을 끼고 사는 것'과 같다. 삼십여 년 알고 지낸 H와 단절하는 중이다. 오래 알고 지낸 지인과 단절한다는 게 쉬운 일은 아니다.

몇 년 동안 자잘한 말실수를 해서 나이도 있으니 앞으로 조심하겠지 생각하고 안일하게 대처한 내 잘못이었다. 상대에게 상처 되는 말을 쉽게 뱉어 놓고 사과한다. 미안하다는 말로 한 번 뱉은 말이 없어지는가. 미안하다고 했으면 다음에 말할 때 조심해야 하는데 개선의 여지가 없다.

"개 꼬리 삼 년 묻어도 황모 못 된다."는 말이 맞다. 나이가 들면 거칠던 성질도 대부분 둥글어진다. H는 고희가 되었어도 맘보가

고약했다. 동행한 사람이 젊어 보이고 멋있다고 칭찬했더니 "젊은 놈하고 연애하고 보톡스 맞고 살아."

그 지인이 주위 사람 칭찬하는 것을 본 적이 없다. 나보다 나이가 훨씬 많은데도 시샘 부리고 비교를 해서 말 섞기가 불편하다. 대화를 하다 보면 자연스럽게 자녀들 이야기를 하게 된다.

아들이 이번에 아파트 입주한다고 말했다.

"은행융자 잔뜩 안고 들어가나 봐?"

"아파트 35평대 입주하면서 일억 융자받는대요?"

대답을 하면서도 비꼬는 질문에 비위가 상했다. 알고 보니 그 사람은 몇십억 되는 집을 한 푼 못 건지고 경매당했다고 한다. 자기의 단점은 숨기고 남 헐뜯는 사람은 사회에 대한 피해 의식으로 매사 불만이다. 암으로 입원해서 죽음의 세계를 넘나들다 살아 나온 사람이다. 다른 사람 '장기'를 기증받고 살아났으면 맘을 더 곱게 써야 하는데 장기가 뒤집혀서 꿰매졌는지 수술 전보다 심보가 더 꼬였다.

서울에 위치한 'ㅇㅇ학교'에 함께 갔다. H는 몇 년 전부터 나에게 'ㅇㅇ학교'에 교육받으러 가자고 졸랐다. 창업을 하겠다면서 총괄하는 일을 나에게 맡아 달라고 졸랐다. 뭘 설명하는지 그 사람의 웅얼거리는 말을 알아들을 수 없었던 나는 그 학교 이름이라도 알려 달라고 했다. 이름만 알면 인터넷으로 그곳의 정보를 알아볼 수 있기에 무슨 교육을 하는 곳인지 알 수 있을 것 같았다. 재차 묻는 내 질문에 답을 어물거린다. 웅얼웅얼하는 그 사람 말을 믿을 수가 없어서 직접 가서 교육을 받아 보기로 했다.

대중교통으로 가는 거냐는 질문에 자기를 태워다 줄 자동차와 기사가 있다고 너스레를 떤다.

다른 곳에 갈 때도 남의 차를 얻어 타고 가면서 자가용처럼 산동네 구석까지 가 달라고 부려 먹는다.

교육장 가는 데 자가용에 자리가 남았으니 걱정 말고 함께 타고 가면 된다고 해서 동승했다. 차 안에는 H의 지인이자 운전하는 여자분, H를 간병하는 사람, 나까지 네 명 동승했다. 아침부터 하늘이 시커멓더니 종일 비가 쏟아진다. 교육장까지 한 시간이 걸렸다. 무임승차한 나는 빗길을 운전해 준 차주에게 참 미안했다. 남의 장기를 받고 저승길 그네 타다 목숨을 건진, 몸에 가죽만 남아서 제대로 서 있기도 힘든 H에게 말했다.

"몸도 정상이 아닌데 무슨 사업을 한다고 교육을 가요? 몸이 회복된 다음에 하시지요?"

"학교 대표와 수술 전에 약속했는데, 오늘 교육하는 날이라 꼭 가야 돼요."

○○학교 교육장에 들어섰다. H는 부축을 받아야만 차에서 내릴 정도로 휘청거린다. 교육장에 앉아 있다가는 곧 쓰러질 것 같았다. 담당자에게 우리가 교육받을 동안 H를 휴게실에 누워 있게 해 달라고 안내를 부탁했다. 교육을 받아 보니 예비 창업자를 교육하고 지원해 주는 곳이다. 나하고 관계없는 교육이었다.

공부야, 놀자!

여성단체장을 하면서 '소상공인센터'에서 창업에 대한 교육을 받아 본 경험이 있었다. '사회적 기업'이란 이익을 사회에 환원시킬 목적으로 운영해야 한다. H는 자기 몸 하나 건사할 집도 없는 환자다. 창업 교육을 받으러 오는 게 정상적인 사람인가 의심되었다. 시간을 낭비하고 있다는 생각에 빨리 집으로 가고 싶었다.

○○학교 교육하는 '특별한 날'이라더니 넓은 교육장에는 우리 네 명만 앉아 있어서 휑했다. 필요 없는 교육을 듣고 있기 불편해서 운전해 준 사람에게 무슨 창업 교육받으러 왔냐고 물었다. 보험 모집인데 H가 보험 하나 들어주고 오늘 태워다 달라고 해서 코가 꿰어 어쩔 수 없이 왔다고 한다. 그런 줄도 모르고 공짜로 차를 얻어 탄 것이 미안했다. ○○학교 담당자에게 자기가 직원들 여럿 데리고 간다고 허풍을 떨은 모양이다. 몸도 정상이 아닌 사람이 창업을 하면 떼돈을 벌 것으로 생각하는 게 어이없었다.

'허풍을 습관처럼 떠는 사람에게 또 당했구나!'

삼 년 전 후진국 고졸자들이 우리나라에 기술을 배우러 온다고 했다. 교육생이 백오십 명이나 되니 나에게 교육을 준비하라고 뻥을 쳤던 H였다. 나는 산업체 학생을 동원해서 교육팀을 구성했다. 허풍이 심한 H 덕분에 학생들에게 거짓말쟁이 교수가 되어 버렸다. H는 그때 지키지 못한 약속에 대해 나에게 사과 한마디 없었다. 실언을 밥 먹듯 하는 사람 말을 믿고 따라온 내가 바보였다. 그 뒤로 습관처럼 허풍을 떠는 H의 말은 귓등으로 흘려듣는 요령도 생겼다.

당장 집에 가고 싶었지만 혼자 갈 수 없는 상황이라 꼬박 네 시간을 앉아서 교육을 받았다. 집에 오는 길에 운전한 사람에게 저녁이나 먹고 가자고 했다. H가 그럼 식사비 낼 거냐고 내게 물었다. 고개를 끄덕이면서 환자라 아무거나 먹을 수 없을 테니 속 편한 메뉴를 선택하라고 말했다. 비싼 뷔페로 가서 먹자고 한다. 내가 필요 없는 교육에 하루를 낭비한 것도 아까운데, 음식값 바가지까지 씌우려고 한다. '내가 병원 퇴원한 H에게 맛있는 것 사 먹으라고 돈 봉투까지 줬는데 잊어 먹은 건가? 아님 내가 봉으로 보이나?' 한심한 생각에 H를 째려봤다. 옆에 있던 간병인이 "순두부찌개는 먹을 수 있지." 않냐며 아무거나 먹을 수 없는 사람이 왜 비싼 뷔페로 가냐고 서둘러 말렸다. 차를 타고 오면서 생각했다. 중환자로 입원해 있으면서 얼마나 먹고 싶은 것이 많았을까. 한턱 쏘자는 생각에 시설이 깨끗한 한식 맛집으로 갔다.

H는 이것저것 공부를 한다고 쫓아다닌다. "노루 꼬리가 길면 얼마나 길까?" 늦게 공부한 사람들이 평소에 하던 말투나 습관을 쉽게 못 바꾼다. H도 그런 부류였는데, 주위 사람들에게 무지한 사람 취급받고 있었다. 나는 그를 만나면 최대한 예우를 했다. 내가 대접받으려고 대접해 주는 것이다. 그런데 H는 내가 예우를 해 줄 때마다 주위 사람에게 으스대며 나를 하인 대하듯 했다. 교만한 자는 자기의 교만을 은밀히 감춰도 버릇처럼 나타나고 교묘히 숨겨도 은연중에 행동으로 나타난다고 한다.

'내 돈 써 가며 나이를 권력으로 흔드는 사람에게 하인 취급을 왜

공부야, 놀자!

받지?'

예우고 뭐고 상대를 탓할 게 아니라 그런 사람인 줄 알면서 지인이랍시고 가까이 지낸 내 잘못이었다. 바닥부터 함께 했던 지인은 우대는커녕 노력하며 성장한 것에 질투를 하며 수시로 나를 깎아내렸다. 가난하게 살다가 도깨비 부자 된 사람들이 가난한 사람 비난을 심하게 한다. 가난하게 살았던 시절 한풀이를 상처에 바늘을 찌르듯 독하게 해 댄다.

상대에게 잘해 주는 척하면서 가스라이팅하듯 하인처럼 부려 먹으려는 심보를 가진 그와 관계를 끊기로 했다. 누구에게나 무례한 사람은 자기의 잘못을 모른다. 그게 그 사람의 일상생활이다. 격이 안 맞는 사람과 지인이 되는 것은 친분의 깊이를 잘 조절해야 한다.

지인과 단절하더라도 서운한 감정을 말하면 안 된다. 잃을 것이 없는 사람은 상대의 명예에 흠집이라도 내려고 갖은 수단을 쓴다. 친절한 마음에 깨우쳐 주겠다고 정직하게 말했다가 어떤 행패를 당할지 모르니 자연스럽게 연락을 끊는 게 좋다. 어떤 문제를 만났을 때 단호하게 처리하지 못하면 그 책임은 나에게 있다.

인간관계의 어려움은 문제가 있을 때 단호하게 대처하지 못하고 상대가 나를 만만히 대하도록 여지를 줬기 때문이다. 내가 왜 쌀쌀맞게 대하는지 모르겠다며 시도 때도 없이 카톡을 해 대는 H의 연락을 차단했다.

6

낙지가 뜨거워서
웃을 일

오랜만에 짐 정리를 하면서 선거용 팸플릿을 보았다. 벌써 팔 년이 지난 일이다. 선거철이 되면 '시의원' 출마하면서 겪었던 일들이 생각나서 쓴웃음을 짓는다. '선거에 나가면 집안 망신시킨다.'고 할 정도로 사람들의 입은 갈퀴 되어 후보들을 샅샅이 헤집으며 평가한다. 자기 재산 털어서 후보 봉급 주는 것처럼 입방아질로 입술이 대문 역할 할 틈이 없다. 사는 게 팍팍한 사람일수록 사회에 대한 원망을 자기 기분대로 침을 튀기며 성토를 한다.

시의원 출마하면서 친분 있는 당원에게 출마 의사를 알리려고 선거에 출마하게 되었다고 인사차 마련한 식사자리다.

동향 사람인 지인과 낙지 전문 식당에서 만나기로 했다. 지역에

206

서 활동하고 있는 회장이라 전화로만 출마 의사를 알리는 것은 예의가 아니라 식사 대접하면서 이야기하려고 했다. 식당에 먼저 도착한 나는 지인이 좋아한다는 낙지탕을 주문했다. 지인이 오자, 인사하고 자리에 앉았다.

"제가 시의원에 출마하려고요."
"산낙지도 아니고……."

지인은 앉자마자 냄비 속에서 부글부글 끓으며 오그라드는 낙지 몸매를 심사하려는 듯 낙지 다리를 젓가락으로 들었다 놨다를 반복하며 낙지 똥구멍까지 쑤셔 댄다. 낙지는 몸부림치면서 휘저어 대는 젓가락 사이로 미끄러져 내린다.

'어차피 탕으로 먹는데, 굳이 비싼 산낙지를 먹어야 하나? 낙지가 후보라도 되나?'

왜 출마 전에 먼저 의논을 안 했냐고 인상을 구기며 말한다. 선거 비용 대 줄 사람도, 친척도 아니고 내가 출마할 지역에 사는 것도 아니어서 표 한 장 도움이 안 되는 사람이다. 나를 '똥 먹은 곰의 상'을 하고 쳐다보는 이유를 모르겠다. 갑자기 무슨 답을 할지 몰라서 어벙벙하고 있었다. 같은 당원이라 예의상 식사 대접하는 건데, 뭘 바라는 건지. 오만상을 쓰며 찡그리는 얼굴에 오그라드는 낙지를 냄비에서 건져서 던져 버리고 싶었다.

또 다른 여자는 같은 당원이라고 출마하게 되었다고 인사를 하니까 자기가 나의 출마권을 쥐고 있는 지역위원장이라도 되는 듯, 눈 내리깔고 굽신대지 않는다고, 도끼눈으로 위, 아래로 흘기며 삼십 분가량 호통을 쳐 댔다. 그러더니 본인이 사 년 뒤 후보로 나오더니 얼굴에 철판을 깔고 굽신댔다.

세상을 살다 보면 남의 사생활을 심하게 입질해 대는 사람이 있다. 예의를 갖춰 친절을 베풀면 자기가 권위자라도 되는 것으로 착각한다.

정치인들을 핏대를 세워서 험담하는 사람을 보면 시샘에 의한 경우가 많다. 국회의원에게 5선이나 해 놓고 지역에 해 놓은 게 하나도 없다고 이가 부러질 정도로 입방아질을 해 댄다. 정치와 국정의 흐름에 대해 무지한 사람이 정치인을 싸잡아 흠집 내는 것 보면 '나 무지해요!' 광고하는 것 같다. 그 정치인이 무엇을 잘못했고 무슨 법에 해당되는지 정확히 알지 못하면 소문도 전달하면 안 된다. 말로 지은 죄가 크다고 한다. 나쁜 소문으로 사람 죽이는 인간들이 많다.

모기는 피를 빨 때 잡히고, 물고기는 미끼를 물 때 잡힌다는데, 사람은 말할 때 조심해야 한다. 남을 험담하면서 궁지로 몰 때, 그 말이 부메랑이 되어 험담한 본인이 악담의 주인공이 될 수 있다.

몸의 근육은 운동으로 키우고, 마음의 근육은 인생 경험이 키워준다. 사람 입에 사기(四氣)가 돌면 의식이 병들듯 냉소가 가득한 마음도 암세포 자라듯 본인은 물론 자식 마음까지 병들어 일이 안 풀린다. 마라톤 인생길에 좋은 이웃이 필요하듯 건강하게 살아가려면 악연은 골라내고 좋은 인연을 찾아 키워야 한다. 남에게 보여주기 위한 삶은 아무리 화려해도 빈껍데기 들러리가 될 수 있다.

나무끼리도 적당한 거리에 있어야 건강하게 자라듯 사람의 관계도 적당한 거리를 유지할 때 건강한 관계가 된다. 지인들과 어느 정도의 거리 유지를 위해 공부가 필요하다. 삶의 적당한 거리도 조절하며 살 필요가 있다. 사람마다 고유의 향기가 있다. 좋은 사람은 마음에 따뜻한 인간미를 드리우며 사람 냄새 풍기기 마련이다. 삶의 체험은 거름종이다. 경험이 풍부할수록 나쁜 인연 걸러 낼 혜안이 생긴다. 고난한 삶을 살고 나면 알곡 같은 인연만 곁에 남는다.

정치에 마음을 접고 나니 가식적인 관계가 정리되어 살 것 같다. 후보는 거리에 널려 있는 돌멩이나 고양이만 지나가도 고개를 숙여야 했다. 서울의 여자 국회의원은 목이 자라목처럼 구부러져 '곱사 장애인' 같았다. 시민들만 보면 고개를 숙여야 하니 정치를 하고 얻은 직업병이라고 했다.
건강하지 못한 가식적인 관계를 털고 내가 할 도리만 하면서 시간을 보냈다. 지인들을 키질한 것처럼 쭉정이는 떨어져 나가고 꽉 찬 알곡의 내 사람만 남아 행복이 입 끝에 걸렸다.
뜨거운 입 살에 낙지가 냄비 밖으로 튀어나오기 전에 상대에게 건네는 말을 조심해야 한다.

제8장

노력하며
성장하는 가족

1
—

무기가 된
김치

김치가 있어야 밥을 먹을 정도로 김치를 좋아한다. 늦깎이로 대학을 다니면서부터 일에 치여 주방에서 요리하는 일과 멀어졌다. 남편과 김장김치 담그다가 이혼을 고민할 정도로 대판 싸웠다.

"김장할 때 짜증 난다고, 언제 이렇게 많은 것을 다 하냐고?"

"눈처럼 게으른 게 없고 손처럼 부지런한 게 없어요. 우리가 먹을 김장인데 우리가 해야지 누가 하냐고요?"

티격태격 말이 오고 가다 말 톤이 높아지자, 남편이 손에 들고 있던 김칫거리를 나한테 던지기 시작했다. 나도 화가 나서 옆에 있는 파, 갓, 양파 등 손에 잡히는 대로 남편을 향해 던졌다. 바닥은 김칫거리 투전판 되어 난장판이었다. 거칠게 입씨름이 오가고, 남

공부야, 놀자!

편이 총각무를 나에게 던졌다. 피했지만 머리를 정통으로 맞았다. 나도 큰 양파를 골라서 남편에게 던졌다. 양파는 던지기 좋은 무기였고, 남편 얼굴에 명중했다. 화가 머리 꼭대기까지 오른 남편은 거실에 있는 대리석 탁자를 들어 물건을 부쉈다. 화가 안 풀리는지 대리석 탁자를 위로 들어 올렸다. 중력을 이용해 탁자를 나에게 던지려고 한 바퀴 돌았다. 그때 크리스털로 된 거실 천정의 샹들리에가 파사삭 깨지면서 유리 조각이 소나기처럼 떨어져 내렸다. 남편을 쳐다보니 눈에 살기가 돌았다. 나는 손에 든 김칫거리를 바닥에 던지고 그대로 밖으로 튀었다.

"네가 어질러 놓은 것 네가 치워. 너하고 안 살아!"

전에도 김장을 담그다 심하게 싸운 후, 남편이 밖으로 나가 버리자 뒤처리를 하느라고 고생했던 기억이 떠올랐다. 싸울 때마다 살기를 느끼게 돌변하는 남편과 살기 싫었다. 시댁, 친정 부모도 없고 김장이나 잔치 때 손길이 필요해도 도움받을 사람이 없었다. 언니가 김장을 해 주러 왔지만 내가 김장 다 했다고 오지 말라고 했다. 맛있는 김치 먹겠다고 몸도 안 좋은 언니 도움을 염치없이 받으면 안 될 것 같았다.

공자의 『논어』 "기소불욕물시어인"이라 하지 않던가. 김치 담그기 싫으면 남에게 시키지 말고 맛없는 김치도 달게 먹어야 한다.

가게 운영, 학교 공부, 여성단체장을 하면서 바쁘게 뛰고 있을 무렵이었다. 남편의 도움 없이는 김장을 할 수 없었다. 김장하는 날은 약속을 자제하고 일을 도와 달라고 해도 남편은 거나하게 취해 들어왔다. 술을 마셨어도 자기 몫은 하겠다고 장담했다. 절인 배추를 뒤집으라 했더니 패대기치며 집어던졌다. 절여진 배추를 보니 꼬꾸라지고 뒤틀린 모양이 가관이다. 뒤집어 놓은 배추의 꼬락서니대로 남편이 배추 뒤집을 때 행동이 상상되었다. 배추를 헹궈 놓아도 전쟁을 하고 온 패잔병처럼 배추가 배배 꼬여 있었다. 제멋대로 절여진 배추의 모양을 반듯하게 다릴 수도 없었다. 양념을 넣으니 이리저리 빨갛게 삐져나온 양념이 캉캉 춤을 추는 것 같다. 뒤틀린 모양대로 김치통에 넣었더니 '김치 포로수용소'다. 꼬인 감정이 얽혀 김치통 속에서 가정의 평화가 흔들리고 있었다.

김장하다 말고 이혼할 각오로 집을 나가, 터미널로 가서 아무 버스나 탔더니, 내장산 가는 버스였다. 목에 시퍼런 멍을 감추려고 고개를 숙였다. 옆에 앉은 남자가 자꾸 치근덕댔다. 제정신이 아닌 남자들이 많다는 생각에 살기를 품은 눈으로 째려봤다.

내장산 터미널에 내리자 단풍 구경 온 사람들로 북적거렸다. 그들의 환한 웃음소리가 허허롭게 퍼지고 화려한 단풍이 꽃상여처럼 느껴졌다. 단풍 구경할 생각도 없이 개울에 앉아서 흐르는 물에 울분을 풀어 놓고 있었다. 개울물에 검은 어둠이 내리자 낯선 도시에 와 있다는 생각에 겁이 났다. 맘 같아선 아무 일이나 저지르고 싶은 심정이었다. 차가 끊기겠다는 생각에 아이도 가게도 걱정되어서 서울행 버스 막차를 탔다.

서울 언니 집으로 왔다. 언니는 우리 부부의 심각성을 느끼고 시댁에 전화를 했다.

시골에 계신 남편의 형님, 누님, 친정 언니까지 나서서 화해를 시켰다. 남편이 나쁜 버릇을 고치겠다고 크게 사과하고 싸움은 일단락되었다. 산산조각 난 유리 조각을 치우면서 반성을 한 모양이다. 싸울 때마다 집안 물건을 부숴 대면 그것을 치울 때까지 집에 안 들어갔다. 남편은 자기가 어지럽힌 집안을 몇 번 치우더니 말싸움은 해도 집안에 물건을 부숴 대는 일은 안 했다.

남편과 이런저런 일로 싸우고 화해하며 씨줄 날줄 엮으며 결혼 경력이 쌓여 갔다. 결혼 후 싸우더라도 삼 년만 참으면 함께 살 만하고 십 년을 살다 보면 서로 안쓰러운 생각이 들어서 이혼을 못 한다고 한다. 싸움하면서 상대의 성격을 알게 되고 서로 맞춰서 살다 보면 이혼은 안 한다. 혼자 살더라도 경제적인 부분은 해결하려고 기술을 배우고 공부하며 힘을 갖췄다. 남편이 잘못한 부분이 있으면 버릇을 고치겠다고 할 때까지 이혼을 각오하고 버텼다. 싸울 때마다 남편의 나쁜 버릇은 하나씩 고쳐졌다.

"여름 손님은 호랑이보다 무섭다." 속담이 있다. 냉장고가 없던 시절 먹거리 보관이 어려워서 그런 속담이 나온 듯하다. 냉장고, 김치냉장고가 등장하고 김치 보관이 편해졌다.

장마 전에 여름김장을 해야 하는데, 김칫거리가 비싸다. 반찬이 다 떨어져서 찬거리를 사려고 마트를 두리번거렸다. 뭘 요리해서 끼니를 해결할까, 이곳저곳 가판대를 기웃거리는데 갑자기 확성기 소리가 높아진다.

"열무, 얼갈이배추 반액 세일."

나는 앞뒤 생각 없이 얼갈이배추와 열무를 다섯 단을 샀다. 김칫거리를 사 오긴 했는데 더위를 먹었는지 기운이 빠지고 입에 음식 넣는 것도 귀찮을 정도로 의욕이 없다. 반찬도 만들기 싫고 만사가 귀찮다.

사 가지고 온 김칫거리를 썩게 둘 수 없어서 남편에게 씻어서 소금 간을 해 달라고 했다. 그사이 나는 양념을 만들어야 하는데, 손도 까딱하기 싫다.

양념에 쓰려고 다시마 육수를 끓여 식혀서 고춧가루만 풀어 놓고 피곤해서 잠들어 버렸다. 일어나 보니 늦은 밤이다.

'아이고, 김치 담그려면, 양념 만들어야 하는데 어쩌지. 밤중에 양념을 사러 갈 수도 없고.' 고춧가루만 풀어 놓은 육수에 얼갈이배추를 버무려 놓았다. 붉게 물든 얼갈이배추가 그럴듯한 김치로 보였다. 아침에 맛을 보니 풋내만 나고 버리고 싶을 정도로 맛이 없다.

언니에게 김치 살리는 법을 물어보려고 전화를 했다. 밀가루 풀이 없으면 밥이라도 갈아 넣어야 풋내가 안 난다고 했다. 청양고추, 마늘, 생강도 넣으라고 한다.

아침 일찍 마트에 갔다. 당근, 마늘, 생강, 밥, 양파를 넣고 믹서에 갈았다. 어제 담가 놓은 김치를 전부 쏟아서 새로 만든 양념에 다시 버무렸다.

'이젠 먹을 만하다. 휴! 김치만 맛있어도 밥 한 그릇 뚝딱인데.'

공부야, 놀자!

이젠 장마가 와도 얼갈이김치, 물김치가 있으니 여름김장은 해결되어 한시름 놓였다.

김장을 담글 때마다 남편과 큰 싸움을 하고 김치 담그기를 포기한 지 이십 년이 지났다.

지금은 남편이 주방을 담당하고 내 일을 지지해 주는 응원군이 되었다. 사 먹는 김치에 물리고, 집 맛의 그리움을 복구하려고 김치 담기를 시작했다. 요리 솜씨가 없어서 주방을 멀리했던 나도 하나씩 요리하는 재미를 느껴 가고 있다.

집안일 잘 도와주는 남편이 미더워서 "당신 같은 남편이 하나 더 있었으면 좋겠다."고 웃었다.

2

서로 불편한
과잉보호

회사 근처로 거주지 옮긴다고 이 년 동안 독립했던 아들이 집으로 들어왔다. 빠져나갈 때는 집 안이 조금 널찍하더니 들어오고 나니까 집안이 복잡하다. 혼자 살아도 살림살이가 있을 건 다 있다. 아들 짐까지 좁은 집에 들이니, 어휴! 복잡하고 답답하다.

일 년 후 장만해 둔 아파트로 이사 간다니 답답해도 그때까지만 참아야겠다. 사람이 참 간사한 것이 아들이 독립할 때는 밥이라도 제대로 먹고 다닐지, 혼자 자다가 갑자기 아프면 어쩌지? 그런 걱정만 했다. 따로 살림을 독립시키니 아주 편하다. 사람 마음이 오묘해서 적응력이 빠르다. 스무 살이 넘으면 아이들을 독립시키라고 주위의 엄마들이 말했다. 어영부영 함께 살면 쉰 살이 넘어도 구부정한 영감탱이 데리고 사는 것처럼 세수도 안 하고 수염도 안 깎은 모습 보면 징그럽다고 한다.

혼자 살다 오더니 속이 더부룩해서 바빠서 아침을 못 먹는다고 했다. 혼자 살더니 끼니를 제대로 안 챙겨 먹은 듯했다. 아침 일찍 아빠가 녹즙을 갈아 주면서 한 잔 마시고 가라고 했다.

"먹기 싫은 것 주지 마세요." 신경질을 부린다. 요즘 자식들은 한 공간에 살아도 말 한마디 섞지 않으려고 해서 투명 인간과 지내는 것 같다.

'나쁜 놈, 부모 속도 모르고 네 멋대로 살아 봐라.' 생각은 그렇게 하면서도 바쁘다고 출근하는 아들 뒤통수를 안쓰럽게 바라본다.

무뚝뚝한 나를 대신해 아빠가 아들에게 아침에 녹즙이라도 집에서 마시고 출근하라고 설득했다. 일찍 일어나 녹즙 준비하는 아빠 성의를 생각해서라도 녹즙을 조금이라도 마시고 출근하라고 나도 문자를 보냈다. 녹즙을 마시면 설사를 해서 출근길에 당혹스러운 일이 생길까 봐 안 먹었다고 한다. 양을 조금씩 늘려 먹어 보겠다고 했다. 퇴근 후 식사도 될 수 있으면 집에 와서 한 숟갈이라도 먹으라고 했다.

인스턴트식품을 입에 달고 사니 몸이 부은 것처럼 늘 피곤해 보였다. 나이 먹으면서 성인병이 생기고 병치레를 하는 것은 젊을 때 몸을 돌보지 않은 '쾌락을 즐긴 이자'라고 한다. 운동도 안 하고 입맛 당기는 대로 인스턴트만 먹으니 부모인 우리보다 나이 들수록 몸이 더 빨리 망가질까 봐 걱정된다.

아들은 엄마 아빠가 조곤조곤 설득을 하니, 집에서 밥을 먹으려고 노력했다.

삼 일쯤 지나자 집밥을 먹으니 좋다면서 아침에 둘레 길을 함께 걷자고 했다.

저 잘난 맛에 사는 젊은이들은 기성세대의 말은 잔소리 취급한다. 송곳 같은 마음에 상처가 되지 않도록 살살 달래 가며 말을 해야 한다. '상전을 모시고 사는' 것처럼 조심스럽다. "자식 겉 낳지 속은 못 낳는다."는데 우리 부부는 자식에게 외면받은 듯 씁쓸하다.

정약용이 유배지에서 자녀에게 자식을 걱정하는 편지를 보냈듯 부모는 죽을 때까지, 자식에게 급할 때를 대비해 '우산' 역할을 자처한다. 성인이 된 자식에게 가는 마음을 거두려고 해도, 자식이 행복해야 부모도 행복하기 때문에 쉽지 않다. 마음을 접으려고 해도 자식이 불행하면 부모가 어떻게 행복하겠는가.

'국가평생교육원'에서 최우수상 받은 상금이 나왔다. 아들에게 헬스 티켓을 끊으라고 돈을 입금했다. 운동 열심히 해서 성인병 키우지 말라고 당부했다.

수명이 길어지니 자식이 부모와 함께 늙어 간다. 나이 많은 부모를 자식이 돌보는 시대는 지났다. 부모든 자식이든 건강한 사람이 케어를 할 수밖에 없다. 어떻게 살든, 말든 간섭을 안 하고 싶지만 건강관리를 잘못해서 성인병에 합병증이 오면 가족에게 피해를 줄 수 있다.

공부야, 놀자!

내가 자비로 책을 낼 때도 아들과 남편이 출판 비용 도움을 주었듯이 나도 상금을 받았으니 기쁨을 나누고 싶었다. 남편에게 용돈하라고 통장에 조금 넣어 줬다. 남편도 통장이 든든하면 힘이 나지 않겠는가.

자식들이 과한 투정을 부리는 것은 우리 세대가 아이들을 과잉보호한 벌이다. 내가 이루지 못한 꿈을 자녀를 통해서 이루고자 막무가내로 아이들을 몰아쳤다. 무조건 공부해라, 먹어라, 닦달한 것을 아이들이 받아 준 것만도 감사하게 생각해야 한다. 우리 아이들이 세상 체험하며 시행착오 거치며 성장할 조건을 어른들이 과보호하며 그 기회를 없애 버렸는지 모른다. '어른이라는 나이가 훈장'은 아니다. 어른의 잣대를 들이대며 논리적인 설명도 못 한다. 감정 섞인 소리만 지르지 말고 아이들의 내면을 살피며 어루만져야 한다. 아이들과 마음의 교류를 이어 갈 사다리를 놓기 위해 우리 세대가 노력해야 한다.

봄가을 가족 소풍을 계획해서 따로 사는 아들과 정붙일 여행하기를 실천하고 있다. 서로 바쁘지만 시간을 쪼개서 만리포 바닷가를 다녀왔다.

부모의 정성을 생각해서인지 아들과 대화가 편해졌다. 바쁘게 사는 부모와 함께 보내려고 노력하는 아들이 고맙다.

3

눈도 마음도
'쉼표'가 필요해

자세히 보지 말라고 / 노안이 왔다 // 적당히 보아 넘길 것 / 세밀하게 들여다보면 / 초점이 흐려진다 // 세상의 번잡하고 / 시시비비할 일에 / 눈 한 번 질끈 감아내고 // 나이테를 두를 / 적당한 곳에 / 쉼표를 찍으라고 / 노안이 왔다.

눈꺼풀이 껄끄럽고 아팠다. 녹내장 증세가 아닌가 하고 가까운 안과에 급하게 갔다. 동네 안과는 처음 갔는데, 접수 전에 일찍 가서 기다렸다. 기다리는 동안 눈이 아파서 자리에 앉아 계속 안약을 넣고 있었다. 진료가 시작되자, 내 앞에 다섯 명 정도 일찍 온 사람을 제치고 나를 먼저 부른다. 간호사들이 진료 준비를 하면서도 응급환자를 눈여겨보고 진료를 먼저 하도록 챙겨 주는 것 같았다. 검사 후 녹내장은 아니라며 안약을 처방해 준다. 의사 처방대로 눈에 안약을 넣어도 눈이 또 심하게 아프다. 틈나는 대로 책을 읽고 글을 써야 하는 나는 눈이 나빠지면 많은 일을 멈춰야 할 것 같아 곤혹스럽다.

근래에 그림 그리기를 많이 했다. 깨알 같은 숫자를 찾아 색칠하느라고 눈을 많이 혹사시켰다. 욕심을 부리면 안 되는데, 재료비를 제공해 주는 '자조모임 팀'에 그림 그린 실적을 보고 해야 해서 새벽 2시까지 그림을 그리기도 했다.

글을 쓰는 나는 써 놓은 글을 주로 밤늦게 수정한다. 식구들이 잠든 시간에 써 놓은 글을 수정하기 참 좋은 분위기다. 컴컴한 곳에서 핸드폰을 켜고 있는 내게 새벽 3시쯤 화장실로 향하던 아들이 말했다.

"엄마, 어두운 데서 핸드폰 보면 눈에 녹내장 생겨요."

'이 시간이 글쓰기가 얼마나 달콤한데.'

아들의 충고에 '어림없다.'는 생각으로 캄캄한 밤에 핸드폰으로 글쓰기를 계속했다. 밝은 화면에 눈을 바짝 대고 홍채에 힘을 주며 꾸역꾸역 글을 읽고 쓰고 했다. 계속 눈을 혹사하니 눈을 뜨기도 힘들고 자지러지게 아프다.

수업 개강이 모레인데 개강하기 전에 눈 검사를 해야 했다. 2월에 노안 수술을 했던 강남에 다니던 안과를 찾아갔다. 노안 수술하고 검사를 주기마다 오라고 했는데. 오 개월 만에 갔다. 육 개월마다 정기 검진해야 하니 검진을 하고 가라고 한다. 검사 결과 녹내장도 없고 특별하게 눈이 아플 이유는 없다고 안약을 처방해 준다. 처방전을 건네면서. 간호사가 한마디 일러 준다.

"두 시간마다 약산성 비누를 이용해서 눈을 씻어 주세요. 속눈썹에 묻은 먼지가 눈 속으로 들어가면 눈 뜨기 불편하고 꺼끌꺼끌해요."

의사 선생님은 에어컨을 켜면 가습기도 켜라고 했다. 에어컨에 제습 기능이 있어서 눈이 건조해진다고 했다. 아침 운동하러 산에 다녀오면 숲속에 습기가 많아서 눈이 아프지 않았던 것이다.

눈이 나빠지는 원인은 어두운 밤에 핸드폰을 보면서 눈을 혹사시키면 급격히 나빠진다고 한다. 안과에 다녀와서도 밤에 습관처럼 핸드폰을 열었다 닫았다. 눈이 아파서 멈추기를 여러 번 컴퓨터, 핸드폰, 책 읽기를 줄이니 눈이 좀 편해졌다.

밤에 핸드폰으로 글을 읽으려면 주위를 어둡게 하면 눈이 급격히 나빠진다. 밤에 핸드폰에 글을 읽으려면 핸드폰 주위를 밝게 해 주면 눈이 훨씬 덜 피로하다.

두 번째 수업 준비를 하면서 일주일 동안 책을 다섯 권 읽고 신경을 많이 썼더니 눈이 심하게 아프고 짜증이 밀려왔다.

'내가 나이 먹고 왜 고생을 자처하나?'

수업하기로 책임을 맡은 기간은 수강생들에게 최선을 다해야겠다는 생각으로 끓어오르는 번민을 꾹꾹 눌렀다.

올해는 더위가 한 달은 빨리 왔다. 땀을 뻘뻘 흘리니 기운이 없고 지친다. 영양제 먹어 가면서 수업 준비를 마치고 나니 뿌듯하

공부야, 놀자!

다. 대학 다닐 때 시험을 끝낸 것처럼 후련함과 시원함이 덩어리로 온다.

공부할 때 어려운 과정을 통과하면서 얻게 되는 뿌듯한 만족감이 밀려온다. 내 인생 업그레이드되는 순간의 보너스다. 그 맛에 힘들어도 공부에 다시 도전한다.

수강생들이 과제물을 잘해 와서 글쓰기를 즐기는 줄 알았다. 5회쯤 되니 과제물 때문에 글쓰기가 어렵다고 우르르 몰려왔다.

"카톡 쓰는 정도만 배우려고 했어요. 과제물하려니 부담스럽고 골치 아파요."

"과제물 안 해도 되는데, 글을 안 쓰고 수업을 듣기만 하면 '귀명창'이 되어 글을 더 안 쓰게 돼요."

"건강도 안 좋고 과제물까지 하려니 머리가 아프고 몸도 아파서 글쓰기를 그만두고 싶어요."

"저는 처음부터 다른 일과 겹쳐서 수업에 빠지고 싶었는데 여사님들 덕에 꾹 참고 다니고 있어요."

나이 많은 남자 수강생이 말을 건넨다.

'나만 짜증 나고 힘든 게 아니었구나!'

어르신들이 수업이 힘들다는 투정에 일주일 동안 책을 다섯 권 읽고 수업 준비하면서 눈 아프고 힘들다는 생각이 쏙 들어가 버렸다.

'이러다 시력이 더 많이 안 좋아지면 어쩌지.'

그래도 수업 끝나는 날까지 책임은 다해야지. 다시 책을 펼친다. 공부할 때 번뇌가 오면 그 고비만 넘기면 된다. 마음에도 눈에도 쉼표를 찍고, 지식에 답을 찾고 지혜를 찾는 길, 생각하는 휴식시간을 기꺼이 즐긴다.

가족과
추억을 만드는
즐거운 시간

남편이 건강검진 후 폐암이 의심된다고 큰 병원으로 가 보라는 의사 말을 들었다. 우리 지역의 조금 큰 병원에서도 같은 진단이 나왔다. 폐에 문제가 있어서 수술을 하게 되면 목숨이 위태로울 수 있다는 생각이 들었다.

메이저급 병원에서 암 검사를 하려고 서울대학병원과 서울삼성병원에 인터넷 예약을 알아보았다. 진료가 빠른 삼성병원에 예약했다. 이십 일 후 진료가 가능해서 남편과 병원에 갔다.

삼성병원에서 첫 진료라고 하니까 암 병동 입구에서 의사에게 문진을 받으라고 했다. 진료실 입구에 가족이 한 사람 동행할 수 있다는 안내에 따라 남편과 함께 진료실로 들어갔다. 의사의 문진이 시작되었다.

"현재 주기적으로 먹는 약이 있거나 당뇨, 혈압 등, 기저질환이
있나요?"
"없습니다."
"술, 담배 시작을 언제부터 언제까지 했나요?"
"20대 사회생활할 때 시작해서 최근까지요. 담배는 두 번이나 몇
년 동안 끊었다가 또 피웠어요."
"그럼 사십 년이 넘었네요?"
"네."

담배를 피우는 것이 폐에 안 좋은데, 끊었다 피우면 폐암 확률을
80% 높인다고 한다. 술, 담배 시작한 기간을 재차 묻는 의사의 질
문이 '그렇게 발암 물질을 몸속에 집어넣고도 암이 아니길 바라냐.'
는 투로 느껴졌다.
  남편은 병원에서 폐암 의심받고 바로 술, 담배를 끊었다. 담당
의사가 문진할 때도 담배, 술을 폐암 의심받고 바로 끊었다고 대답
하면서 웃음이 나왔다. 심각한 상황에서 웃었던 이유가 술, 담배
끊는 효과는 '암 선고'가 최고라는 생각이 스쳤기 때문이다.

  내가 이 년 전 동네 의원에서 간암이 의심된다고 대학병원에서
검사했다. 간암은 아닌데 삼 개월 후 암 검사를 다시 하자고 했다.

공부야, 놀자!

아마도 경계성 암이었던 것 같다. 그 후로 이 년 동안 암 환자처럼 아팠다. 그때 남편에게 담배 냄새가 나에게 해로우니 끊어 달라고 그렇게 애원해도 약 올리듯 계속 피워 댔다. 그 후 간에 좋은 건강식품을 기를 쓰고 챙겨 먹었는데, 비형 간염까지 사라지는 이변이 생기고 내 몸은 아주 좋아졌다.

남편이 갑자기 폐암이 의심된다는 이야기에 얼굴이 하얗게 되었다. 의학의 발달로 암이 있어도 기저질환처럼 관리하고 살면 건강 유지하고 명대로 살 수 있을 것이다. 폐암 2기 정도 의심된다는 말뿐 몸에 아픈 증세가 없다. 두 번째 폐 CT 결과 확인차 갔던 남편은 폐 조직 검사를 복강경으로 해야 한다는 의사 말에 조직 검사하려고 예약을 하고 왔다. 아마도 CT 결과 암 판정 내리기는 애매한 모양이다.

조직 검사 후 폐암으로 판정받아도 건강식품 성실하게 챙겨 먹고 일상생활 잘하고 걷기를 병원 치료하듯 계속하라고 말했다.

내가 이 년 전에 '간암이라 해도 일하다 죽자.'는 생각으로 버티며 생활했다. 건강해진 나를 지켜본 남편은 내 의견에 따르면서 건강해지기 위해 노력하고 있다. 평온한 마음으로 기도하고, 걷고, 운동하고, 신선한 채소와 간에 좋은 건강식품을 챙겨 먹고, 몸이 좋아지는 것을 옆에서 지켜본 효과가 크다.

남편도 술, 담배 끊고 폐에 좋은 건강식품 챙겨 먹으며 하루 두 시간씩 걷고 있다. 평소와 같이 생활패턴 유지하며 아무 일 없었던 듯 잘 지내고 있다. 모든 질병은 마음먹기에 따라 증세가 가감한다. 그만큼 마음의 평화가 건강에 끼치는 영향이 크다.

남편은 삼십여 년 직장생활 하다 정년퇴직했다. 편하게 살 만하니까 인간으로 태어나서 할 일 끝났으면 지구를 떠나라는 듯 암이 찾아와서 씨름하자고 샅바를 잡고 있다. 삶이 유한하니 경건하게 살다 가라는 경고를 받은 것 같다. 가족과 그동안 함께 하지 못했던 추억을 하나라도 더 만들어야겠다.

아들이 아파트로 이사하면서 벽지를 발라야 했다. 벽지가게는 마음에 드는 벽지가 없었다. 디자인이 멋있는 쿠션 벽지와 방풍 벽지를 G마켓에서 사 놓았다. 도배해 줄 인부를 찾으니 인건비도 비싸지만 사 놓은 벽지를 처음 대하는지 난감한 표정으로 투덜댔다. 처음에는 짐이 많냐고 물어서 없다고 했다.

"전기선, 신발장도 떼어 놓으세요."
"그건 도배하는 사람이 알아서 하는 것 아닌가요?"
"우리는 벽지만 발라 주는 거예요."

세 명이 와서 일해야 한다면서 일당을 꽤 불렀다. 빈 아파트를 둘러보며 이것저것 트집을 잡고 사다 놓은 벽지를 보고 인상을 구기더니 그 후론 전화도 안 받았다.

어쩔 수 없이 가족이 쉬는 날 천천히 도배를 해 보기로 했다.

일은 더디지만 모처럼 가족이 함께 웃을 수 있는 추억을 바르는 행복을 느끼며 사는 재미를 느낀다. 집에서 도배를 해 본 경험이 있어서 대체로 잘되었다. 방풍 벽지로 천장에 발랐더니 무게가 무거운지 떨어져 내렸다. 인건비 아꼈으니 가격이 좀 비싸도 천장에 잘 붙고 멋있는 디자인 벽지로 바르기로 했다. 벽지를 바르면서 파지가 생기면 바로 쓰레기 봉지에 담았다. 나중에 청소한다고 늘어놓으면 일할 맛도 떨어지고 벗겨 놓은 비닐을 밟으면 넘어질 수 있다. 비닐스티커만 떼면 붙일 수 있는 벽지라 풀을 바를 일이 없어 편했다. 벽 길이보다 벽지를 10cm쯤 길게 자르라고 했다. 쿠션 벽지는 미세하게 굴곡이 있는 벽에 바르면 길이가 안 맞을 수 있다.

"왜 벽지 길이를 똑같이 안 잘랐어요?"
"똑같이 잘랐어."
"여기 봐, 저건 딱 맞는데, 이건 짧아요. 바지가 짧아서 껑충 올라간 것처럼 보기 싫잖아요?"

알고 보니 남편 잘못이 아니었다. 같은 벽도 위치에 따라 길이가 조금씩 달랐다. 다른 방은 10cm 차이가 났다. 방 한 칸 길이에 맞춰 벽지를 똑같이 재단해 놨으면 큰일 날 뻔했다. 길이가 짧은 것은 걸레받이로 테두리를 두르면서 해결하기로 했다. 도배하고 점심은 풍경 좋은 근처의 맛집에서 즐겁게 식사를 했다. 가족 소풍을 나온 듯 행복했다. 그동안 무엇이 중요하고 귀한지 잊고 가족과 보낼 추억도 없이 바쁘게 뛰고 살았는지 모르겠다. 남편이 건강에 적

신호가 온 후 가족애가 더 끈끈해지고 조심스러워진다. 하룻밤 자고 눈 뜸에 감사하며 귀하고 새롭게 하루를 연다.

　암이 의심된다는 말에 남편이 술, 담배를 바로 끊었다. 전국에 술, 담배에 절어 사는 남자들에게 암 선고 내리면 술, 담배 바로 끊고 바르게 살 것이다.

　남편의 얼굴이 많이 밝아졌다. 가족의 소중함을 알게 하기 위해 '암' 소동이 벌어졌나 보다. 가족의 행복을 먼저 챙기며 감사한 생활 이어 가고 있다.

냉장고를
개비하다

나이가 드니 웬만한 일은 이해하고 넘어가게 된다. 상대의 입장에서 생각하면 펑펑 울고 싶을 만큼 억울한 일은 없다. 그런데 어제 냉장고 설치기사 때문에 속상했다. 단독 주택 이 층에 사는데, 주방 출입구가 좁아 주방 쪽 창문으로 사다리차를 이용해서 냉장고를 설치하는 게 좋겠다고 했다. 방범창을 해체하고 창을 떼면 냉장고 들어올 수 있다고 말했다. 오래된 건물들은 외부에 방범창을 설치할 때 박은 나사가 부식되어 열기 힘들지만 집수리를 한 지 몇 년 안 되어 그럴 일은 없으니 나사를 풀면 방범창을 떼어 낼 수 있을 거라고 설명했다. 냉장고 설치를 끝낸 기사가 방범창 전문 업자를 불러서 실리콘을 하라고 했다. 또 나사가 벽에 고정 안 되어 헐

렁거린다면서 바람이 심하게 불면 방범창이 떨어질 수 있으니 방범창에 실리콘을 꼭 하라고 했다.

요즘 건축하는 일꾼들 인건비가 얼마나 비싼가. 사다리차 올라간 김에 나사가 안 빠지도록 본드 좀 발라 달라고 근처에 있는 철물점에 급히 뛰어가서 본드를 사 와서 흔들었다. 사다리차가 시간이 없으니 빨리 보내야 한다고 본드를 못 발라 준다고 철수해 버렸다.
토요일 아침부터 고생하는 기사들께 박카스 한 병씩 드렸다. 박카스를 받아 든 사다리차 기사님이 본드를 들고 난감한 표정으로 서 있는 내게 말했다.

"집 안쪽에서 팔을 밖으로 뻗어 실리콘 쏴도 돼요. 아저씨한테 하라고 하세요."
"아! 그래요. 좋은 아이디어 주셔서 감사합니다."
나는 철물점으로 뛰어가서 실리콘을 사 와서 남편에게 실리콘 작업을 하라고 했다.
실리콘 작업을 하려던 남편이 말했다.
"이거 안 돼. 업자를 불러."
"왜요?"
"방범창을 억지로 잡아 뜯었는지 밖으로 휘어서 벽에 안 붙어."

일 층으로 내려와서 창을 올려다보니 방범창 한쪽이 휘었다. 실리콘을 커터 칼로 잘라 내고 뜯었으면 휘지 않았을 건데, 사다리차를 지체시키면 요금을 더 줘야 하니 급하게 방범창을 잡아 뜯은 것 같다. 나는 급한 대로 벽에 닿는 부분만 실리콘을 발라 놓았는데 무척 속이 상했다.

냉장고 하나 들이는 데, 구입하는 과정부터 힘이 들고 비싸고 커진 냉장고 때문에 우리 집 가계부가 휘청거린다.

구형냉장고는 고장 나기 전부터 덜덜거리면서 신호를 줬다. 몇 달만 있으면 집수리를 하고 나서 냉장고를 바꾸려고 생각했기 때문에 '설마 멈추기야 하겠어.' 생각하며 버티고 있었다. 열흘쯤 지나니 냉장 기능이 멈췄다. 가전제품이 기능이 다하면 멈추기 일주일 전부터 신호를 준다는 것을 알았다. 잘 돌아가던 환풍기도 삑삑 소리를 내더니 일주일쯤 지나고 멈췄다. 냉장고에 들어 있는 식품은 밖에 보관하면 상하기 때문에 급히 냉장고를 구해야 했다. 하던 일도 접고 대리점으로 뛰어갔다. 대리점이 인터넷에서 구입한 것보다 비싸다는 것은 알고 있었다. 빠른 배송과 제품이 같아도 백화점이나 대리점 제품이 에이급이어서 고장 없이 더 오래 사용했던 경험을 했다. 냉장고가 커지고 값이 비싸져서 기능보다는 화려한 대형 가구 하나를 들이는 것 같아서 실속 위주로 사야겠다고 맘먹었다.

매장에 가서 비교를 하니 부엌에 들어올 수만 있다면 비싸더라도 멋있고 큰 것을 사자고 마음을 바꿨다. 수명이 다한 냉장고도 거의 이십여 년을 수족같이 함께했다. 사람들에게 냉장고를 이십 년 만에 개비한다고 하니 그때 나온 제품은 부속이 튼튼해서 거의 이십 년은 기본으로 썼다고 한다. 요즘 가전제품은 그렇게 수명이 길지 않다고 한다. 역할을 충실히 해 주고 떠나보내는 냉장고를 내부까지 깨끗하게 잘 닦았다.

'고맙다. 냉장고야. 너를 보내려니 나도 마음이 짠해.'

냉장고를 들이기 위해 삼십여 년을 넘게 살아온 부엌을 치우면서 묵은 짐이 얼마나 많은지 이사하는 것 같았다. 위풍당당하게 자리 매김을 하고 있는 냉장고를 보니, 대형으로 들이기를 잘했다는 생각이다.

냉장고 설치기사가 망가뜨린 방범창 때문에 속은 상했지만 늠름하게 폼 잡고 있는 주방의 파수꾼 냉장고를 보니 흐뭇한 기분에 속상했던 마음이 풀어졌다.

'우리 가족 건강을 책임질 냉장고야. 우리 행복하게 잘 지내자.'

연금 받는
기쁨

야호! 드디어 나도 연금을 타게 되었다. 국민연금공단에서 온 우편물을 뜯어보니 연금을 신청하라는 내용이다. 연금을 탈 수 있다는 것은 나이가 그만큼 들었다는 것이다. 나이가 들어간다는 걱정보다 연금을 받을 수 있다는 사실이 더 흥분하게 했다. 처음 연금이 도입될 때 가입해서 이십 년 지나고 이 년 더 연장해서 넣었다. 국민연금은 최대한 길게 넣고 늦게 받는 게 좋다고 한다. 연금을 오 년 더 연장해서 나중에 받을까 하다가 팔십 살까지 받아야 본전이 된다는 말에 여행 다니는 것도 건강할 때 해야 한다는 생각에 바로 연금을 신청하기로 했다.

연금을 붓고 있는 동안 많은 사람이 국민연금은 세금으로 취급되고 국가에서 주지 않을 것이라는 소문에 해약을 했다. "씨를 뿌리면 거두게 마련이다." 거미줄도 줄을 쳐 놔야 벌레를 잡을 것 아닌가. 나는 국가에서 연금을 줄 것으로 믿었다. 국가에서 하는 일을 믿지 않으면 무엇을 믿겠다는 말인가.

1997년 IMF로 국가 경제 위기일 때 많은 사람이 직장을 잃었다. 남편도 사표를 주머니에 넣고 출근하면서 갈팡질팡했다. 명예퇴직하는 사람에게 꽤 많은 금액의 정착금을 회사에서 주는 마지막 기회라고 했다. 남편은 목돈은 받아서 장사라도 해야겠다고 눈이 벌게져 있었다. 그때 많은 동료가 퇴사했다고 한다.

"용돈만 벌더라도 절대 사표 쓰지 말고 직장 다니세요."
"정착금 주는 마지막 기회라고, 금액이 적냐고? 다들 자영업이라도 하겠다고 그만둔다고!"
"사업은 아무나 하는 줄 알아요? 손님 뒤꼭지에 대고 절이나 하고 있을 사람이. 당신은 절대 사업 못 해요. 사표 쓰면 이혼할 거니까 그런 줄 아세요!"

남편은 자기가 빌려준 돈도 받지 못하는 마음이 약한 성격이다. 조기 퇴직하면 이혼하겠다는 강경한 반대에 남편은 엉거주춤 직장을 다니다가 정년퇴직했다. 정년 후 연금으로 생활하고 있으니 효자보다 낫다.

직장에서 정착금 받고 조기 퇴직한 사람들은 거의 다 실패해서

공부야, 놀자!

이혼한 가정도 많았다. 가장의 벌이가 시원치 않으니 부부동반 모임이 두 군데나 해체되었다. 살아가면서 돈을 더 불릴 생각으로 쥐고 있는 노후 자금까지 탈탈 털리고 힘들게 지내는 사람을 많이 봤다. 환갑 이후는 투자해서 돈을 늘리기보다 가진 재산 잘 지키고 건강 지키는 쪽이 더 지혜롭다고 생각한다.

연금이 나오면 어디다 쓸까. 즐거운 고민을 하면서 연금공단 건물이 있는 평촌역 방향으로 걸었다. 아무리 봐도 간판이 안 보였다. 오 년 전에 분명히 평촌역 근처에 있는 연금공단에 다녀온 것 같았다.

갑자기 내리는 비에 쫓겨 빌딩 속으로 사람들이 흡수되었다. 길거리에 사람이 안 보여서 당황스러웠다. 위치를 물으려고 연금공단에 통화를 시도했다. 기계음만 들린다. 직접 찾아가는 게 빠를 것 같다. 이리저리 헤매면서 다시 연금공단에 전화를 했다. 번호를 누르며 지시하는 대로 따라 했더니, 위치 알리는 앱이 문자로 톡 뜬다. 앱을 눌러도 통신 두절인 듯 핸드폰 앱이 안 열린다.

'에이! 비도 오고 더워 죽겠는데, 통화도 안 되고, 앱 주면 뭐해? 열리지도 않는데, 누구 약 올리나?'

평촌역 근처를 헤매고 다녀도 연금공단 간판도 안 보인다.

이면도로에 들어서니 주차 관리하는 아저씨가 주차표를 들고 왔다 갔다 한다. 아저씨한테 뛰어가서 물었다. 평촌역 상가 거리 다음 블록 끝에 있는 건물에 연금공단과 건강관리공단이 함께 있다고 한다. 도로를 건너서 건물을 찾아 엘리베이터를 타고 올라갔더니 이 건물에는 건강관리공단만 있다고 한다. 연금공단은 범계역 사거리 이십 층 건물에 있으니 거기로 가라고 했다.

　범계역 방향으로 걷기 시작했다. 마스크 쓰고 걷는데, 얼굴과 등에서는 땀이 비 오듯 한다. 시청에서 '자원봉사증'을 받고, 평촌역, 범계역으로 계속 걸었더니 피곤하고 다리도 아프다. 새로 들어선 빌딩 이십 층 연금관리공단으로 올라갔다. 상담직원이 '혼인관계 증명서'를 가져왔냐고 한다. 통화도 안 되고 몰라서 안 가져왔다고 했다. 안내문에 써 있으니 잘 보라고 한다.
　'꼼꼼하게 확인을 안 한 내 잘못이다.'

　"서류 접수는 해 줄게요. 혼인관계 증명서는 팩스로 보내세요."
　"근처에 구청이 있으니 떼어 올게요."

　구청으로 가니 코로나 때문에 문을 다 폐쇄하고 정문만 열어 놓았다. 오늘 몇 번째 열 감지 검사를 하는지 모르겠다.
　9월부터 매달 연금이 나온다. 이십이 년간 한 번도 빼 먹지 않고 꼬박 넣었더니, 연금이 효자 노릇을 한다. 남편이 연금 받고 있는데, 한 사람이 사망할 경우 어떻게 되냐고 직원에게 물었다. 국민연금의 경우 부부가 연금을 타면 하나만 선택해서 받지만, 다른 연금은 관계없이 유족연금이 나간다고 한다.
　한 번도 안 빼고 성실하게 넣었으니 건강도 죽을 때까지 평생 보장해 줬으면 좋겠다. 부동산에 투자해서 건물 임대료 받아서 생활하는 사람보다 연금 받는 사람이 세금 걱정도 안 하고 더 좋은 것 같다.

'연금은 또 다른 효자'라고 한다.
어떠한 경우에도 흔들리지 않고 국가를 믿었던 것이 좋은 결실을 가져다준 것 같아 흐뭇하다.

제9장

행복한 삶, 더 나은 세상,
소통하고 공감하며 산다

1

좋은 신발이
멋진 곳으로
데려다준다

"여행은 경치를 보는 것 이상으로 깊고 변함없이 흘러가는 생활에 대한 생각의 변화를 느끼게 한다."는 '미리엄 브래드'의 말에 공감이 간다. 가을꽃 갈대가 숲을 이루는 곳에 여행객이 붐빈다. 서울이나 경기 근교에는 갈대가 아니고 앙증맞은 억새풀이다. 영산강 옆 마을에서 자란 나는 처연하도록 푸른빛 머금은 갈대의 아름다움을 눈에 담고 자랐다. 밀물 썰물이 교차하는 강의 뻘이나 바닷가 뻘에서 자라는 갈대는 억새풀과 비교가 안 되게 갈대 키와 꽃이 크다.

'국가평생교육원'의 평생교육대상 수상자로 선정되어 순천에 왔다. 바쁘게 사느라고 가족 여행도 제대로 못 다녔던 우리는 사십 년 만에 아들도 회사에서 휴가를 내고 여행을 왔다. 우선 '순천만국가정원'과 '순천만습지'를 여행하기로 했다. 순천에 도착하니 낮 12시가 조금 넘었다. 점심을 먹고 순천만습지부터 갔다.

매표소에서 입장권을 끊고 넓은 뻘 밭에 활짝 핀 갈대와 망둥어가 곡예하는 습지를 향해 걸었다. 갈대를 배경 삼아 열심히 셔터를 눌렀다. 갈대숲 아래 망둥어, 털게를 한참 구경하다 보니 남편이 안 보였다. 눈으로 멀리 있는 남편을 확인했더니 손짓으로 나를 부른다. 가까이 가 보니 신발 뒷굽이 떨어진 것 같다고 한다. 퇴직 후 정장 입을 일이 별로 없어서 구두가 신발장에서 놀고 있었다. 몇 년 방치해 둔 구두를 신고 왔더니, 구두 밑창이 반쯤 떨어져서 철퍼덕거린다고 울상이다.

"입장했는데, 갈대숲은 구경하고 가야 될 것 아니에요? 이리 와봐요. 갈대밭 구경할 동안만이라도 마스크에 붙은 고무줄로 구두 밑창을 대강 묶어 줄게요."

"냅둬. 하얀색 마스크를 신발에다 감으면 남들이 다 쳐다봐."

"바지 속으로 마스크가 들어가게 해 줄게요."

"그냥 다닐게. 놔둬."

남편은 내 말을 거부하며 철퍼덕, 철퍼덕 걷는다. 구경을 하는지 마는지 신경은 온통 덜렁거리는 신발에 가 있다. 갈대밭 중간쯤 가다가 굽이마저 떨어져 버렸다. 한 손에 까만 뒷굽을 들고 인상을 잔뜩 찡그리고 절뚝거리며 걷는다.

"그걸 버리지 왜 들고 다녀요? 그게 더 창피하네요. 신발 굽 떨어졌다고 자랑해요?"
"쓰레기통도 없는데, 이걸 어디다 버려?"
"쉼터 적당한 곳에 두세요."

남편은 빨리 구두 수선집을 찾으러 나가자고 했다. 타 동네 와서 구두 수선집이나 신발집을 찾아 헤맬 수도 없고 황당했다. 아, 이마트로 가면 신발을 살 수 있겠다. 내일 시상식에 꽃도 필요해서 순천 이마트로 내비게이션을 찍고 갔다. 이마트에 도착해서 구두파는 곳을 물었다. 다행히 이 층에 구두 전문점이 하나 있었다. 요즘은 건강을 추구하는 시대라 옷과 신발이 레저용이 많다. 신사복에 신을 구두 파는 곳이 많이 없어졌다. 여행 첫날이라 많이 걸어야 해서 '랜드로바'로 편한 신발을 샀다. 급하게 신발을 구하다 보니 거금을 주고 샀다. 옷이나 신발을 구매할 때 세일 기간을 많이 활용하는 편이다. 나는 결혼 후, 한 번도 정가에서 신발이나 옷을 사 본 적이 없다. 내 눈에 꽂히는 신발이 있었다. 상금도 받는데, 내 것도 하나 살까 고민하다 고가의 가격을 보고 마음을 접었다. '최우수상' 대상이라는 소식을 듣고 옷도 하나 살까 하다가 정장 입을 일도 별로 없을 건데, 하고 마음을 접었다. 지인이 정장을 샀는데, 입을 시간이 없다고 예쁜 옷을 선물 받아서 입고 왔다. 평소에

돈을 안 써 본 사람들은 돈이 있어도 소비를 못 한다더니 내가 그
랬다. 지금까지 명품 가방 하나 안 샀다. 사람이 명품이 되면 그 사
람이 걸치는 옷은 다 명품이 되는 게 아닌가. 늘 그런 생각으로 명
품 인생으로 살려고 노력하며 살아왔다.

　밤에 KTX 타고 합류할 아들이 찾기 쉬운 순천역 근처에 숙소를
잡아서 들어왔다. 방으로 들어간 남편이 벗어 놓은 신발을 자세히
보았다. 모양도 색도 달랐다. 한 짝은 회색, 한 짝은 짙은 밤색에
사이즈도 5mm 차이가 났다. 오른쪽은 뒤꿈치에 가죽 액세서리가
조그맣게 붙어 있고 교묘하게 비슷하지만 아무리 봐도 짝짝이다.
남편은 신발이 바닥 모양까지 분명히 짝짝이인데도 원래 그런 거
아니냐고 한다. 분명히 짝짝이라 해도 바꾸러 가는 게 귀찮은지 남
들이 모를 텐데, 그냥 신으면 안 되냐고 한다. 직원이 콤비 스타일
이라 짝짝이라고 해도 반품하라고 단단히 일러두었다. 내일 리허
설 하는 행사장에 나를 내려 주고 이마트 가서 신발을 바꾸라고 했
다. 오늘은 호텔 예약 취소된 일부터 일이 왜 꼬이는지 '머피의 법
칙'인 것 같다. 모텔에 누워 있다가 벌떡 일어났다. '맞아 카드 영수
증에 신발가게 전화번호가 있을 거야.' 무릎을 탁 치며 영수증을 찾
아 이마트 대표번호로 전화를 걸어서 신발가게 연락처를 물었다.
다행히 전화 연결이 되었다. 직원이 퇴근길에 모텔로 신발을 가져
다주겠다고 한다.

"아휴! 내일은 복잡한 행사장에서 마누라 잃어버릴지도 모르니 내 다리를 단단히 잡으세요."

"알았어!"

"남자는 나이 들수록 마누라 치마만 붙들고 있으라고 하잖아요."

'가정에서 마음이 평화로우니 여행지에서 신발짝 바뀐 에피소드도 하나의 추억이 되었다.'

나이는 정신을 갉아먹고 사는 것 같다. 물건을 사든 일을 하든 확인을 철저히 하는 습관을 들여야 한다. 아무리 정신을 차리려고 해도 기억력이 예전만 못하기 때문이다. 순천에서 구매한 신발이 짝짝이라는 것을 집에 가서 발견했으면 번거로울 뻔했다며 가슴을 쓸어내렸다.

"좋은 신발이 멋진 곳으로 데려다준다."는 속담을 믿으며 즐거운 여행지로 신발이 우리를 안내할 것으로 믿는다.

화환이 졸며
조문하고 있다

지인의 어머니가 돌아가셔서 회원들과 조문을 갔다. 우리가 사는 지역에서 한 시간 거리인 화성은 늘 차가 막히는 곳이다. 우리는 일을 끝내고 밤에 가기로 했는데, 퇴근 시간에 차가 밀리니까 좀 일찍 다녀오자고 했다. 우리가 가는 방향은 차가 밀리지 않는데, 반대편 차선이 복잡하다. 셋이서 장례식장 입구에 들어섰다. 사람은 없고 일 층 입구부터 이 층까지 흰 국화꽃 화환이 줄 서서 조문객을 맞이하고 있었다. 코로나 불경기에 '꽃집이라도 먹고살게 사람이 죽어야 하나 보다.' 화환이 너무 많이 들어와서 일층 상가에도 나눠 줬다고 한다.

"어머니가 살아생전에 주위 사람들 챙기고 나누는 것을 좋아하더니 장례식장에서도 이웃 망자에게 나눔을 하고 있다."며 웃었다.

'죽은 조상이나 살아 있는 조상이나 자손이 잘되어야 대접받는다.' 마당발 가진 대단한 자녀가 있나 보다.

오미크론 확진자가 십만에 육박한다는 말에 장례식장 가기가 망설여졌다. 라식수술을 한 지 얼마 안 되어서 바람 쐬면 눈물이 나고 시어서 외출을 삼가고 있었다. 카톡에 뜬 부고장을 열어 보니 장소 안내와 조의금 받을 통장번호가 있는데 남자 이름이다. 장례 치르고 조의금 때문에 분란이 일어날 수도 있기 때문에 조의금만 보낼 생각으로 전화를 걸었다.

"어머니 보내 드리느라고 힘들지요?"

"몸이 심하게 아파서 고생만 하시다 가셨네요. 병이 깊어지면 살아 있다는 게 꼭 좋은 것만은 아니지요."

"요즘 오미크론 바이러스 때문에 조문은 힘들고요. 조의금을 카톡 부고에 안내된 통장에 넣으면 되나요?"

"장례식장이 한 층에 한 분만 모시게 되어 있어서 무척 넓은데 조문 온 사람이 없어서 텅텅 비었어요. 여기가 더 안전하니 아무 걱정 말고 오세요."

전화를 받고 마음이 약해졌다. 좋은 일보다 안 좋은 일은 더 챙겨야 한다. 오미크론 때문에 쓸쓸한 상가 분위기를 생각하니 내가 안 가면 회원들 아무도 안 갈 것 같아서 다녀오기로 했다.

공부야, 놀자!

"조문 갈 사람 있는지 단체 카톡에 올려 보고 함께 갈게요. 조의금 넣을 통장 올려 주세요."

애경사는 회비에서 나가는 조의금이 있어서 본인에게 물어보고 주는 게 좋다. 애경사에 참석하는 사람들은 주인공과 관계가 없어도 지인의 친인척이면 얼굴도장을 찍고 품앗이를 한다. 결혼식 때 받은 축의금을 신부의 언니가 명단을 들고 와서 자기가 아는 사람이니 자기 몫이라며 다 찾아갔다고 한다. 동생 결혼식에 참석한 지인들이 자기 때문에 왔으니 품앗이로 갚아야 한다며 그 돈을 받아 갔다고 했다.

같은 교회 다니는 사람들에게 몇십 년간 애경사에 부조금 냈단다. 세월이 흘러 지인들이 나이가 많아지고 능력이 없어서 부조금을 못 낸다고 한다. 먹고 살기도 빠듯하고 수중에 돈이 없어서 부조금을 못 줘서 미안하다고 하는데, 어려운 사정 뻔히 알기에 말을 못 했다고 한다. 이십 년 전에 삼만 원 받으면 받은 금액대로 부조금을 내는 얌체도 있다. 애경사에 마음을 전달하는 부조금은 되돌려 받지 않아도 서운하지 않을 만큼 성의 표시를 하고 있다. 모임이 해체되든가 친밀한 관계가 끊어지면 그만이다. 시댁과 친정 양가 부모님이 안 계신 나는 지인들 애경사에 부조금만 내고 한 번도 못 받았다.

교수들은 늦은 나이까지 공부를 하느라고 만혼인 경우가 많다. 제때 결혼했으면 대학생 자녀가 있을 만혼의 교수 결혼식 청첩장을 학과장님이 돌리고 있었다. 학교 강의를 언제 그만둘지 모르는 강사들은 학과장이 주는 청첩장은 무게가 다르다. 학과장님께 건의했다.

"애경사는 단체 알림만 하시고, 청첩장 일일이 주지 않는 게 좋을 것 같아요. 애경사는 주고받을 수 있을 정도로 친분 있는 사람끼리 주고받는 것이지요. 바쁘게 뛰는 사람들이 부산까지 예식장 참석할 수도 없고요."

사백여 명의 여성단체장을 하다 보면 회원들은 자기 편한 대로 할퀴고 상처 난 곳 뒤적이며 소금과 고춧가루 뿌려 대듯 마음 아프게 했다. 그런 경험들이 지금은 글 쓰는 데 뜯어먹기 좋은 간식처럼 자양분이 되고 있다.

시부모가 모두 돌아가셔서 시집살이를 안 했지만, 타인의 시샘에 의한 시달림을 심하게 받았다. 사람으로 태어나면 누구한테든 타인에게 '평생 괴롭힘 총량'만큼 당하며 인생을 사는 게 정석인가 보다.

코로나 때문에 돌아가신 분을 조문할 사람이 없어서 장례식도 격식에 맞출 수 없고 쓸쓸하다. 줄지어 서 있는 화환들이 몸통을 다 가릴 커다란 이름표를 달고 파수꾼처럼 장례식장의 조문객이 되어 고인의 명복을 빌고 있다.

구명시식
(救命施食)

교장 선생님으로 퇴임하신 여자분이 들려준 이야기다. 명이 짧은 남편을 '구명시식'을 해 줬다는 실화를 각색을 해 본다. 이십여 년 전 교사였던 K 선생님은 학교를 퇴직하고 남편의 사업을 함께 해 볼까 고민했다. 영험하기로 소문난 보살을 찾아가 상담을 했다.

"제가 학교를 그만두고 남편 사업을 도울까 하는데요."
"지금 당신 남편 사업이 문제가 아니야! 당신 남편 얼마 못 살아! 전생에 스님이었는데, 물질에 욕심부리면 안 돼. 그리고 당신은 학교 선생을 계속해. 교장도 될 수 있으니 차근차근 승진할 준비나 해."
"네?"

K 선생은 당황해서 얼어 버렸다. 다른 데서도 신기가 있는 사람들이 남편 명이 짧다는 말을 할 때 그냥 흘려들었던 것이다. 이번에는 그 보살의 말이 폐부 깊숙이 박혔다.

"남편이 몇 살까지 살까요?"

"대주가 명이 얼마 안 남았어."

K 선생님은 그 말을 믿어야 할지 고민되었다. 남편의 명이 짧은 이유는 전생에 남편이 스님이었는데, 천상에 있는 큰 나무를 잘라서 지팡이를 만들어 쓴 벌로 명이 짧다는 것이다.

K 선생은 고민하다가 물었다.

"그럼 명을 이을 방법이 있을까요?"

입이 바싹바싹 말라 가는 K 선생 눈을 한참 바라보던 보살이 무겁게 입을 뗐다.

"방법이 있긴 한데, 쉽지는 않아."

"어떻게 하는지 방법이라도 알려 주세요."

"'구명시식'을 하면 되는데, 식구들이 간절히 기도해야 하고, 목숨값이 좀 많이 들어!"

"얼마나 들까요?"

"사람 목숨값이니 집을 팔아야 될 거야!"

"제가 돈은 준비할게요. 남편 명만 잇게 해 주세요."

K 선생은 배울 만큼 배운 자기가 보살에게 홀려서 재산 날리는 거 아닌가 고민되었다. 그때 섬광처럼 떠오른 생각이 '남편도 없이

돈이 많으면 뭐하나, 사람을 살려야지.'

남편이 K 선생 명의로 사 준 오피스텔이 생각났다.

남편에게 이야기를 하면 분명 반대할 게 뻔해서 아무도 몰래 오
피스텔을 팔았다. 보살에게 '구명시식'을 해 달라고 부탁했다.

구명시식은 독도와 울릉도 사이 뱃전에서 해야 한다고 했다. 날
을 잡아서 보살은 울릉도로 떠났다.

'구명시식'을 하던 보살이 전화를 했다. "지팡이를 받아야 하는
데, 지팡이를 못 받아서 하룻밤 더 굿을 해야 하니 추가 비용을 주
세요." K 선생은 의심 한 번 안 하고 돈을 보냈다. 신을 믿고 시작
한 기도는 의심을 하면 더 손해라는 것을 알기 때문이었다. 또 보
이지 않은 신의 전달자들이 거짓말을 하면 신계의 벌을 받는다고
한다.

'구명시식' 하는 밤 간절히 기도하면서 K 선생은 잠을 못 이루고
있었다.

자정이 지나 거실로 나오자, 남편이 소파에 멍하니 앉아 있었다.

"잠이 안 와요?"

"이상한 꿈을 꿨어. 너무 놀라서 잠이 안 와서 나왔어."

"무슨 꿈인데요?"

"내가 스님들과 함께 상좌스님 앞에 앉아 있는데 야단을 심하게
맞았어. 내 옆에 지팡이를 가져오라는 거야."

"그래서요?"

"지팡이를 가져다주니, 여러 보살이 찬불가를 불러서 깜짝 놀라서 깼어."

이튿날 보살이 어젯밤에 지팡이를 찾았다는 것이다. 그 지팡이는 남편이 전생에 스님이었을 때 갖고 있던 지팡이라 반납해야 한다고 했다. K 선생은 남편에게 보살과 구명시식을 했다는 이야기를 했다.

"실은 사업이 잘 안 돼. 당신 몰래 아파트를 담보로 유지하는데, 얼마나 버틸지 몰라."

남편은 아파트 담보 연체이자가 밀려 경매에 들어갈 처지가 되자, 아내에게 털어났다. 일주일 안에 이자를 못 내면 아파트는 압류를 하고 경매로 넘어간다고 했다. K 선생은 서둘러 아파트를 팔려고 부동산을 돌아다녔다. 부동산 경기가 꺾이고 있고 대형평수라 팔기가 어렵다고 했다. K 선생은 아파트를 팔아 주면 공인중개사에게 프리미엄을 천만 원 더 얹겠다는 조건을 걸었다. 다행히 며칠 만에 아파트를 팔아서 빚을 해결하고 작은 평수로 옮겼다. 집은 좁아졌지만 남편 사업도 접고 빚을 해결하니 살 것 같았다. 구명시식을 끝낸 보살이 말했다.

"구명시식 때, 남편 승복을 만든 사람이 당신 남편과 동갑이야. 구명시식 하는 날 밤 자정쯤 당신 남편 옷 만들다 멀쩡한 사람이 과로사로 죽었대."

K 선생은 내 남편이 살아나고 남의 집 가장이 대신 간 것 같아서 보살에게 그 망자를 좋은 곳으로 가게 해 달라고 기도비를 보내고 간절한 기도를 올렸다.

K 선생은 정년을 교장으로 퇴임했다. 들숨 날숨에 사람 목숨이 끊어지기도 한다는데, 남편이 옆에서 숨만 쉬고 있어도 얼마나 감사한지, 가슴을 쓸어내렸다.

부모의 그늘이 필요한
아이들

초등학교 저학년 아이들 셋을 데리고 아가씨가 미용실에 들어왔다. 엄마라고 호칭할 나이에 아이들이 아가씨에게 '어머니'라고 부른다. 어떤 관계냐고 물으니 근처에 있는 'ㅇㅇ보육원'에서 사는 아이들과 보모라고 한다. 'ㅇㅇ보육원'은 지금은 'ㅇㅇ집'이라고 예쁜 이름으로 바뀌었다. 오래전 십오 년을 넘게 봉사를 다녔던 보육원이라 정감이 갔다.

삼십 년 전, 나하고 친하게 지냈던 보육원 아이들은 지금은 중년의 주부가 되었다. 그 아이들이 결혼 후에도 우리 집을 친정 같다며 가끔 놀러 왔는데, 잘 살고 있는지 궁금하고 보고 싶다.

보육원에서 고등학교 졸업하고 대학에 진학하든가 보육원을 나와서 자립해야 한다. 직장 다니면서 자주 놀러 오던 은정이가 한동안 안 와서 소식을 물었다. 그 후에 와서 아픈 사연을 말한다.

"언니, 보육원 출신들은 연애를 하면 꼭 실패해요. 목숨 바쳐 사랑하겠다던 남자들이 '보육원 출신 고아'라고 하면 다 등 돌리고 가요. 저는 결혼도 못 할 건가 봐요."

은정이의 이야기를 듣고 한동안 가슴이 먹먹했다. 시집 못 갈 것 같다고 걱정을 하던 아이들이 아기 엄마가 되어 예쁜 아기를 데리고 왔을 때 마음이 흐뭇했다.

"언니, 우리 왔어요."
"벌써 아이들이 이렇게 컸니?"
"너희 고등학생 때가 엊그제 같은데 벌써 엄마가 되었네?"
"언니 보고 싶어서 친정 간다고 남편에게 말하고 왔어요."

그 동생들에게 나름대로 솜씨를 발휘해 점심을 차려 주었다. 그런데 이상하게 아이들은 팽개쳐 두고 엄마들만 밥을 먹는 것이다.

"애들 밥부터 먹여야지. 너희들만 밥을 먹고 있니? 애들이 얼마나 배고프겠어?"
"언니, 우리부터 먹어야 돼요. 우리는 부모가 없어서 밥을 챙겨 주는 사람이 없어요. 내가 알아서 안 챙겨 먹으면 굶어요. 저 애들은 엄마 아빠가 있잖아요?"

 그 말에 멍한 순간도 잠시, 고개를 끄덕였다. 그 애들이 고등학생 때 미용실에 자주 와서 놀다 가곤 했다. 한참 감수성이 예민한 아이들이 '얼마나 파마가 하고 싶겠냐.'라며 앞머리 핀컬 파마를 해 준 기억이 난다. 한 달에 한 번씩 보육원에 아이들 머리를 깎아 주러 십오 년 정도 봉사활동을 다녔다. 그때 아이들이 백여 명 되었는데, 우리나라가 잘살게 되고 경제가 좋아져서 아이들이 삼 분의 일로 줄었다는 말을 들은 후 보육원 소식을 들을 수 없었다.
 아이들 데리고 온 선생님께 원생들이 몇 명이 되냐고 물으니 칠십여 명 된다고 했다. 부모가 없는 아이들이 아니고 경제적인 문제, 가정불화로 아이들을 키우지 못하는 사람들이 보육원에 위탁하는 일이 많은 듯했다.
 관청에서 보육원에 감사를 나오는 날이나 학교에서 복장 불량으로 아이들이 지적을 당하면 우리 미용실에 데리고 왔다. 아이들이 커트할 때 "귀밑머리를 길게 해 주세요." 유행하는 스타일을 해 달라고 하면 최대한 의견을 존중해서 커트해 줬다. 커트하는 동안 그 아이들을 한 번 더 쓰다듬어 주고 따뜻한 말 한 번 더 건넸다.
 보육원에 커트 봉사는 한 달에 한 번 미용협회에서 단체로 갔다. 오십여 명 넘는 아이들이 다른 미용사에게 안 가고 나에게 커트하고 싶다며 내 앞에 줄을 쭉 섰다. 혼자 다 하려니 힘들기도 했지만 봉사하러 와서 멍하니 서 있는 미용사들에게 참 미안했다. 고민하던 나는 묘책을 실천했다. 미용협회에서 정기적으로 커트 봉사하러 가는 날은 두 시간 전에 보육원에 가서 아이들 머리를 다 커트해 놓았다. 미용협회 미용사들이 와서 몇 명 남은 아이들 커트를 하고 봉사하는 모습을 사진 찍고 기록 남기고 가도록 했던 기억이 새롭다.

미혼인 보모가 '어머니'라는 호칭에 익숙하게 대하는 모습을 보니 아가씨 선생님이 자애롭게 느껴졌다. '저렇게 힘든 직업은 아무나 못 하는데…….' 저런 심성을 가진 사람이 내 며느리였으면 하고 기도해 본다. 커트를 하고 '사업자 증빙' 영수증을 끊어 달라고 했다. 처음 해 본 일이라 카드기를 다룰 줄 몰라 버벅거렸다. 바쁘다는 선생님께 나중에 영수증 해 주겠다고 말했다. 인터넷으로 단말기 고유번호를 넣고 '사업자 증빙' 영수증 발행하는 법을 익혔다. 영수증을 해 놓았으니 가져가라고 했다. 퇴근길에 들르겠다고 한다. 아가씨에게 영수증을 건네면서 내 책 『탁월한 선택』을 선물했다.

우리 동네도 재개발 풍파를 견디지 못하고 아파트 단지가 숲과 하늘을 가리고 있다. 한 동네에서 사십여 년 미용실을 하면서 터줏대감 노릇을 하고 있다. 강산도 변하게 하는 세월을 한자리를 묵묵히 지키며 일하는 보람을 느낀다.

어쩌면 나를 기억하는 은정이가 한 번쯤 내게 찾아오지 않을까 기다리면서.

집은
천장이 아니다

"주부가 부동산과 친하면 부자가 되고 미용실과 친하면 예뻐진다." 농담 속에 진심이 있다. 집값이 미친 듯이 오르기 시작하고, 연애, 결혼, 출산, 집 사는 것 포기하는 20, 30세대를 'N 포 세대'라 한다. 집을 돈벌이 수단으로 생각하며 삶의 형태를 왜곡시켜 버린 우리 세대가 돈에 중독되어 젊은이에게 할 일도 못 하게 막는 것이 아닌가 싶어 안타깝다.

집을 사고팔며 재테크에 능숙한 사람은 초품아, 학세권, 역세권, 숲세권, 몰세권, 편세권, 맥세권, 스세권 등, 따져서 아파트를 산다. 살기 편하면 사려는 사람이 몰리고 집값이 비싼 것은 물론 매매도 잘된다. 교통이 좋은 지역 아파트를 팔고 오르지 않는 지역을 찾아 낙후된 변두리로 가서 집을 여러 채 구입한 사람이 있다. 시간이 흐르면 집값도 키 맞추기를 하기 때문에 발 빠르게 움직였던 것이다. 집 한 채만 가지고 살아도 교통 좋은 곳에 있었으면 집값이 더 올랐을 것이다. 판단 착오로 재테크가 잘 안되니 부동산 정책을 탓하는 사람을 많이 봤다. 집은 슈퍼마켓에서 물건 구입하듯 쉽게 사고파는 물건이 아니다.

부동산으로 돈을 번 사람들에게 저 사람은 투기로 돈을 벌었다고 흉을 봐야 집 테크를 못한 사람은 마음이 편하다. 가치가 없는 소득에는 거만기가 묻어 있는데, 주로 투기를 해서 돈을 번 사람들 거만기가 하늘을 찌른다. 돈을 벌기 위해서 집 테크는 물론 스티브 잡스의 직관력과 워런 버핏의 투자 철학을 공부해야 하고 빌 게이츠의 돈 버는 능력과 마크 저커버그의 비범함을 학습해야 한다.

세계적으로 거부가 되라는 것은 아니지만 적어도 내 집 한 채 정도는 성인이라면 나이 관계없이 대출을 받아서라도 장만하는 게 좋다. 기회가 왔을 때 사 놓으면 후회가 가장 적은 게 집이다. 타이밍만 노리며 주춤거리다가 큰코다친다. 대출을 받더라도 집을 장만해서 대출이자를 월세로 생각하고 갚으면 집값이 올라도 걱정이 덜하다.

음식점을 운영해서 빚쟁이에서 탈출해 부자가 되었다는 코미디언이 말했다. "음식을 많이 팔아 부자가 된 것이 아니에요. 대출을 많이 끼고 건물 사서 장사하면서 이자만 갚아 나갔더니 부자가 되어 있더라고요." 대출이자만 벌어도 된다는 생각으로 대출이자를 월세 내듯 다 갚고 나니, 어느새 집값이 올라서 백 억대 부자가 되어 있더라는 것이다.

자영업을 하고 있는 사람들은 본인 의도와 관계없이 얻어듣는 말에 세상 사는 정보가 빠르다. 순발력 있게 부동산 재테크를 한 사람은 장사하는 본업보다 부동산이 든든한 받침이 되어 있는 것이다.

집을 여러 채 사는 사람들을 투기꾼이라고 한다. 집값이 떨어질 타이밍에 저렴한 가격대를 노리면서 발받침 해 놓는 무주택자도 그에 못지않은 투기적 심리가 강하다. '돈 벌고 싶은 마음은 다 같은 마음 아닌가.' 집값 동향을 말할 때도 투기꾼들은 남들보다 비싸게 팔려는 마음이 강하고 폭락론자들은 남들보다 싸게 사려는 마음이 강하다. 집 사 본 경험이 없는 이들은 부동산에 가서 "얼마까지 가격 내려오면 전화 주세요." 한다. 부동산은 '아, 안 살 손님이구나!'고 느낀다. 집을 구매할 사람은 계속 가격 조율을 해서 그날 합의를 보려고 한다. 무주택자들은 한 푼이라도 더 깎으려고 매수 가격에 엄청 신경 쓰며 집착한다. 그러다가 조금 더 벌어 보겠다는 미련 때문에 집 살 기회를 놓치고 만다.

집을 많이 사 본 사람들은 매매값에 그다지 신경 쓰지 않는다. 팔 때 타이밍을 잘 잡으면 된다고 생각하는 것이다.

빌라나 주택에 살던 사람들은 아파트로 쉽게 못 갈아탄다. 가격 차이도 있지만 땅에 발을 디디며 살아 본 나는 건물만 있는 아파트를 좋아하지 않는다. 집을 재테크 수단으로 삼으려면 수요자가 좋아하는 집을 사라는 말이 있어도 자기 성향대로 주거지를 정해서 살아간다.

강남에 살던 지인이 아파트가 재개발된다는 소문 듣고 집을 샀다가 이십 년을 기다려서 분양받았다고 한다. 강남에 집 한 채만 있어도 서민이 중산층으로 점프할 수 있는 기회다. 재개발 추진 소문나고부터 이십 년 넘어 재개발이 될 수 있고 잘못 들어가면 코를 뀐다고 한다. 남편이 집을 담보로 사업 자금을 융자받아서 이자가 많이 나가니, 팔고 싶었지만 참았다고 한다. 재개발을 기다려 온 보람이 없는 것 같아서 알바를 뛰어 가면서 이자를 내며 버텼다고 한다. 이십 년이 지나니 포클레인이 와서 흙을 파는 것을 보고 아파트 한 채 분양받기로 하고 이사 나왔다고 한다. 대출이자를 못 버티고 집을 팔아 버렸으면 집 한 채만 날렸을 거라며 '집 테크'로 이십 년 만에 성공했다며 웃었다.

나폴레옹은 "승리는 가장 끈기 있는 자에게 돌아간다."고 했다. 끈기 있게 집 테크를 성공한 지인이 대단하다.

몇억 대의 집을 오십만 원 단위까지 내놓은 사람은 돈을 한 푼도 안 깎아 주겠다는 생각이다. 지인이 아파트를 구매하는 데 부동산에서 백만 원을 깎기 위해 아침부터 밤까지 기다렸다고 한다. 아파트가 한창 오를 때였는데, 매도자는 더 큰 평수로 옮겨 가기 위해 집을 내놓았는데, 옮겨 갈 집을 저녁 늦게 계약하고서야 백만 원을 깎아 줘서 밤까지 부동산에서 기다렸다가 계약했다고 한다. 큰 평수로 갈아탈 때는 상승기와 하락기를 피하라는 말이 실감 난다.

집을 팔려고 마음먹은 사람은 도배도 하고 페인트도 칠하고, 자잘한 손잡이도 교체하고 새 주인이 들어와서 살고 싶은 마음이 들도록 수리를 해야 한다. 커피향도 풍기고 집을 환하게 밝혀 놓고 꽃이 활짝 핀 화분을 가져다 놓으니 금방 팔렸다고 한다. 비슷비슷한 집이라면 내가 들어가 살 기분이 나는 집이 더 마음에 끌리기 때문이다. 집은 다른 재화와 다르게 자기가 살던 집이라 복잡한 감정이 뒤섞여 쉽게 팔지 못한다.

미국은 집값이 급격하게 오르지 않고 오래된 집이 많아 집 유지비와 보유세가 비싸서 렌트를 많이 한다고 한다. 한국의 집값 상승에는 중국인들의 구매가 한몫했다는 말도 들린다.

집은 땅에 부착된 부동산이다. '사람이 요술을 부려 집값을 하늘로 올려도 천장까지 오를 수' 없다.

팔순의 어르신에게
배우는 지혜

"내가 자네에게 배운 걸 하나 써먹었네. 우리 며느리가 얼마나 좋아하는지."

"며느님과 좋은 일 있었나요?"

"이번에 쉰 살이 넘은 며느리가 대학원 졸업했어. 소프라노 전공인데 졸업식 때 이리저리 쫓아다니며 사진도 찍어 줬어. 빳빳한 오만 원짜리로 바꿔서 졸업 축하한다고 용돈도 미리 줬더니 무지 좋아하더라고. 며느리 친구들이 우르르 몰려와서 대단한 멋쟁이 시어머니라고 인사를 하는데, 기분이 참 좋았네."

팔순이 넘은 어르신의 말을 들으니, 지난번에 대화했던 일이 생각났다.

"우리 며느리는 오십이 넘어서 대학원에서 성악을 전공하고 있다네. 늙어서 편하게 살지 뭔 고생인가."

"대단한 며느님을 두셨네요. 어머니 무조건 며느리 칭찬하세요."

"직장 다니기도 힘들 텐데 돈도 안 되는 성악을 해서 어디다 써먹느냐고?"

"어르신 공부는 꼭 써먹으려고 하는 게 아니구요. 공부해 놓으니까 여기저기 쓰이더라고요. 저는 준비된 자에게 기회가 온다는 말을 실감하고 살고 있어요."

"성악을 이제 배워서 다 늙어서 뭐하겠어?"

"어르신 지금은 세상이 바뀌었어요. K-Pop이 대세예요."

"그건 어린 학생들이나 통하지."

"요즘은 수명이 길어져서 공부할 나이가 따로 있는 게 아니에요. 나이 많은 강사를 선호하는 분야도 있어요."

"그런가? 젊은 자네한테 많이 배우네."

나 때문에 기분 좋은 일이 있었다는 어르신에게 중요한 역할을 한 것 같아서 기분이 좋았다.

어르신과의 인연은 사십여 년이 되었다. 어르신은 사십 년 전에 우리 집 앞에 있는 직장에 다니면서 알게 되었다. 동료들의 처우 개선을 위해 노조 활동도 열심히 했다. 성실하고 똑소리 나게 일 처리 잘해서 회사에서 퇴직 때까지 반장을 했다. 공부를 손에서 놓지 않던 어르신은 경로당에서도 반장을 맡아서 하고 팔순이 넘어

공부야, 놀자!

리더에서 손을 털었다면서 웃었다. 60대로 보일 만큼 건강하게 잘 살아가는 어르신이 존경스럽다.

명품을 즐겨 입는 어르신은 신상품만 나오면 백화점으로 달려간다. 어르신이 좋아하는 유명 메이커 신발 신상품을 사려고 늦은 시간에 시내에 있는 L백화점에 갔다고 한다. 평소처럼 에스컬레이터 손잡이를 잡고 올라가는데 갑자기 덜컹거려서 손잡이를 놓치고 나뒹굴었다는 것이다. 그 광경을 본 주위 사람들이 뛰어와서 에스컬레이터를 멈추고 소란이 일자, 담당직원이 뛰어왔다고 한다.

"다치신 데는 없으십니까 어르신? 빨리 병원 가시죠?"
"지금은 괜찮네. 나중에 아프면 병원에 가겠네."
"혹시 모르니까 엑스레이도 찍어 보고 검사를 해야지요."
"뭐하러 병원을 가? 돈 아깝게. 팔이 좀 긁혔구먼, 그냥 연고나 바르지."

쩔쩔매는 직원에게 오늘은 늦었으니 내일 병원에 가서 검사받고 연락하겠다고 했다. 이튿날 검사를 해 보니 타박상 외에는 아무 이상이 없다고 걱정 말라고 했단다. 직원은 위로금을 드리니 받아 가시라고 했단다. 그런 거 안 줘도 되니 걱정 말라고 했단다. 나이 상관없이 다른 사람과의 대화에서도 삶의 지혜를 배우려는 어르신이다. 좋은 것은 무엇이든 배우려는 자세로 실천하는, 본받고 싶은 어르신은 운동을 열심히 하며 자기관리가 철저하다.

이웃과 대화도 안 하고 부부가 돈만 목적으로 살면서 가게를 하는 사람이 있다. 이 부부는 이타심이 결여되어 있고 조선 시대 의식과 유교 사상이 몸에 배어 남에게 말을 함부로 한다.

자기들 고집대로 살기 때문에 자기 말이 법이고 감정조절이 어렵다. 남의 시선을 의식하며 자기들보다 잘 나가는 사람을 향해 늘 불만투성이고 험담을 잘한다. 자신의 감정컨트롤이 어렵고 타인의 반응에만 신경을 써 상대를 해하기도 한다.

두 부부가 일이 없는 날은 가게에 앉아서 부업을 한다. 몇십 년 이웃에 살아서 내가 쓴 책을 줬다. 그 후 물건을 사러 갔더니 남자가 말했다.

"옷 차려입고 외출할 때마다 남자 만나러 간 줄 알았더니 공부도 하러 다니고 열심히 사셨네요?"

농담이라고 던지는 말에 어이가 없어서 대꾸를 안 했다. 무지한 사람을 붙들고 대화를 하면 말이 꼬여서 들리는 모양이다. 말을 편집해서 나쁜 소문을 낸다. 이웃에 살아도 가까이 안 지내고 싶은 부부다.

나는 평소 옷차림도 외출복처럼 깔끔하게 챙겨 입고 산다. 한동네에서 오래 잘 살아가는 비결은 '이웃과 너무 가깝지도 멀지도 않은 사돈 관계처럼 예의만 지키고 사는 게 좋다.'는 생각을 철칙처럼 지키고 살았다.

주부들이 계모임하면서 어울려 다니다가 소송까지 하고 가정까지 깨지는 경우를 봤다. 동네서 오래 살려면 가정마다 가훈을 지켜내는 줏대가 있어야 한다. 자기 집안의 풍속대로 살면서 나쁜 소문

공부야, 놀자!

이 들려도 타인의 말에 휘둘리지 않으면 된다. 어떤 바람에도 뿌리를 박고 묵묵히 사는 사람이 동네를 지킨다. 남을 험담하기 좋아하는 사람은 새로운 험담거리를 찾아다닌다.

한 동네서 사십 년을 뿌리내리며 잘 살아가고 있는 우리 가족이 자랑스럽다. 어울릴 수 없는 사람에게까지 인정받으려고 할 필요는 없다. 가족끼리도 진실할 때 가정의 자존감도 자란다. 진실하게 깨어 있으며 자신과 가족을 지키는 삶이 좋다. 살다 보면 이웃과도 알게 모르게 영향을 끼치기 마련이다. 가족도 진실하고 의식이 강해야 건강한 가정을 키울 수 있다. "보금자리를 사랑할 줄 모르는 가족은 없다."

무지로 실수할 수 있다. 잘못이 무엇인지 깨달으면 공부하고 실천해야 한다. 평생교육 시대다. 치매 예방을 위해서도 무엇이든 배우고 어울려야 한다. 또 고학력 시대라 특기가 있으면 누구든 자신의 특기를 가르칠 수 있다. 내가 잘할 수 있는 분야는 공감하며 배움도 품앗이하며 산다. 사람은 타인에 의해 서서히 바뀌기도 하니까 기다려 주는 인내가 필요하다. 나와 접하는 사람으로부터 배우려는 자세가 자신을 변화시킨다. 주위 세계가 변하는 게 아니라 그것을 느끼는 자신의 대응 방식이 달라지고 변화되는 것이다.

제도권 학교에서 지식을 배우고, 팔순의 어르신과 이웃에게 삶의 지혜를 배우며 한층 업그레이드된 풍부한 인생을 살고 있다.

고통은 천천히
약이 되고 꽃이 된다

"논 자취는 없어도 공부한 공은 남는다." 속담이다. 공부를 죽을 때까지 해야 한다. 늦었다는 생각보다 멈추지 않고 공부하고 있는 내가 대견하다. 쉬지 않고 뛰며 살아온 시간, 아픈 시절을 글로 승화해 꽃피운다. 책으로 내 역사를 남기려고 지난 시간은 그렇게 붉었나 보다. 아픈 시간을 담금질하니 젊을 때의 추억이 마중물 따라 올라왔다. 잠을 줄여 가며 공부했던 기억이 현실을 돕는다. 남의 입살에 시달릴 때마다 '세상일이 공부'라는 생각으로 내 의지를 굳건히 했다. 내가 나를 믿으니 생각하고 소원하는 일들이 이루어졌다.

내게 정해진 하루 분량 에너지를 원하는 일에 몰입할 수 있었다. 두 권째 수필을 일 년간 꾸준히 썼다. 날마다 하는 아침 운동처럼 글쓰기도 루틴을 정해서 매일 습관처럼 실천했다. 답은 현장에 있다는 생각으로 사람과의 관계를 살피며 다른 사람의 삶을 거울삼아 미래를 준비했다.

어떤 일을 계획하면 그 일에 몰입한다. 가게 운영하면서 쉬는 날 어르신센터에 글쓰기 강의를 한다. 내 책 쓰기 위해 글쓰기 강의를 성실히 했다. '최선을 다한 노력은 배신을 하지 않는다.'는 것을 여러 번 경험했다. 책 쓰기 위해 과거 속으로 들어가니 행복하고 젊게 사는 기분이 들었다. 잠을 줄여 가며 공부했던 노력이 나이 들수록 인생 내비게이션이 되었다. '내가 만난 일이 세상 공부였다.'

공부만 좇아 옹골지게 살아온 것이 무엇과도 바꿀 수 없는 보석이다. 살아가는 일이 글감이 된다는 맛을 알았다. 나이 들수록 행복한 시간을 만들고 즐길 수 있는 준비는 내가 해야 한다. 남이 나를 쓸쓸하게 하는 것이 아니다. 외롭지 않게 혼자도 놀 수 있는 공부거리는 내가 찾으며 채워 가야 한다.

공부란 숨 쉬듯 꾸준히 해야 몸에 밴다. 나는 목표를 정해 놓고 공부를 한 것이 아니다. 틈만 나면 공부와 놀았다. 공부를 하는 과정에서 느낄 수 있는 카타르시스는 무엇과도 바꿀 수 없는 만족이다.

어린 학생들은 뭐든 배우고자 하는 호기심이 강해서 지식 습득이 빠르다. 어른의 지식 습득은 나이와 비례한다. 머릿속에 채워진 것들을 지우며 지식을 흡수하기 때문에 늦다. 반복 학습을 하면 바위에 글을 새기듯 '메타 인지' 기능이 높아진다. 살아온 연륜이 시너지 효과를 내어 지혜로 터득된다.

아픔도 자주 펌프질했더니 엷어지는가 보다. 아픔이 희석되고 다시 쓰다 보니 정화되어 빙하가 흘러내리듯 응어리가 서서히 풀렸다.

'아하! 이래서 글쓰기가 치유의 문학이라고 하는구나.'

아픔이 흘러 나를 키우는 자양분이 되었다. 세상의 어떤 비바람도 견딜 수 있는 마음의 심지가 굳건해졌다. 체험했던 일을 기록으로 남기니 인간으로 태어나서 할 일을 제대로 한 것 같아 뿌듯하다.

부지런한 나의 일상이 어떤 사람에게는 큰 응원이 될 수도 있다. 가끔은 내 글을 읽은 독자에게 응원의 전화를 받기도 한다. 내 치부를 드러낸 부끄러움이 한 명의 독자에게라도 도움이 된다면 작가의 역할은 충실히 했다는 생각이다.

보너스로 받은 인생 3모작이 시작되었다. 공부는 배우고 익히면 되지만 살아온 연륜은 무시할 수 없는 지혜다. 지혜를 성숙시키는 깨달음을 만나는 일이 내가 갈 길이다.

살면서 맛보는 인생의 멋을 체험하면서 깨달아 간다. 평생 손을 이용하여 일을 하고 먹고 살지만 손이 그 맛을 아는 게 아니다. 가진 재주를 나누고 싶어 정성을 다하니 스스로 길이 열린다. 신이 늘 옆에서 도와주시는 듯, 건강까지 챙겨 주신다. 신에게 좋은 성적을 받고 인생 장학생이 된 듯 뿌듯하다.

활발하게 움직이면 시간이 더디게 흐른다고 한다. 바쁘게 뛰는 사람에게는 주름살이 앉을 시간을 허락하지 않는지 활기차고 젊어 보인다. 젊고 건강하게 사는 비결은 멈추지 않고 공부하는 것이다.

일생을 통해 공부하며 사람이 되어 간다

공부야, 놀자!

초판 1쇄 발행 2022. 12. 19.

지은이 오수민
펴낸이 김병호
펴낸곳 주식회사 바른북스

편집진행 김재영
디자인 김민지

등록 2019년 4월 3일 제2019-000040호
주소 서울시 성동구 연무장5길 9-16, 301호 (성수동2가, 블루스톤타워)
대표전화 070-7857-9719 | **경영지원** 02-3409-9719 | **팩스** 070-7610-9820

•바른북스는 여러분의 다양한 아이디어와 원고 투고를 설레는 마음으로 기다리고 있습니다.

이메일 barunbooks21@naver.com | **원고투고** barunbooks21@naver.com
홈페이지 www.barunbooks.com | **공식 블로그** blog.naver.com/barunbooks7
공식 포스트 post.naver.com/barunbooks7 | **페이스북** facebook.com/barunbooks7

ⓒ 오수민, 2022
ISBN 979-11-6545-962-8 03810